Une enquête du père Brun

Benoît ROCH

Les Disparues de la Sange

Roman

© 2025 Benoît ROCH

Édition : BoD · Books on Demand, 31 avenue Saint-Rémy, 57600 Forbach, bod@bod.fr
Impression : Libri Plureos GmbH, Friedensallee 273, 22763 Hamburg (Allemagne)

ISBN : 978-2-8106-1851-4
Dépôt légal : Mai 2025

Je rends hommage à ceux qui parlent au vent, les fous d'amour, les visionnaires, à ceux qui donneraient vie à un rêve. Aux rejetés, aux exclus. Aux hommes de cœur, à ceux qui persistent à croire aux sentiments purs.

Miguel de CERVANTES

A Monsieur François Angelier,

Belluaire en chef des mauvais genres, pèlerin de l'absolu, esprit fantastique, aède des profondeurs qui chante la colère du juste et la fureur de la grâce.

Avis au lecteur

Cet ouvrage porte le joli nom de roman.
N'y cherchez rien d'autre que la fantaisie de l'auteur, puisqu'il s'agit, à l'évidence, d'une fiction joyeuse, benoîtement inventée par lui, et dont les personnages, les propos, ainsi que les situations n'ont aucune réalité dans la vie des autres.

Que si, par inadvertance, quiconque se croit en position de reconnaître, soi-même, ses propres actions ou paroles, dans les situations qui peuplent ce récit affable, il va sans dire - mais il va mieux en le disant - qu'il ne pourrait s'agir que d'un coup de dés lancé par le destin, la fortune ou le hasard.

Quant à la providence, l'auteur ne cultive pas la vaine insolence des naïfs de la vouloir associer à ces enfantillages.

1
La salle d'Assises

C'était un grand oiseau noir qui dansait dans le ciel en souriant. Dessinant de larges tourbillons, il déployait ses ailes par-dessus les toits de la cité. Il faisait beau. Seul dans l'azur, ce grand oiseau noir tournait autour du Palais de Justice. En bas, sous le périastre de ses ellipses, bruissait la Salle d'Assises. Là-haut, depuis le ciel immaculé, il écoutait monter la tragédie des voix humaines. Ses petits yeux vifs clignaient d'un éclat sombre. Son plumage ombreux flambait dans le vent.

- Accusée, levez-vous !

Il faisait chaud. La salle était pleine à fendre sous une houle de figures ébaubies et rougeâtres. Les visages ravagés par la curiosité. Cette chaleur ! On suait, on étouffait, on mourrait de soif, mais pour rien au monde, on n'aurait manqué ce moment.

De mémoire d'homme on n'avait connu un tel procès. Le Berry porte l'empreinte d'une histoire plus de deux fois millénaire. Peut-être Avaricum, l'ancienne capitale des Celtes Bituriges, avait-elle bravé l'effervescence d'une affaire si retentissante ? Mais, à l'ombre de la cathédrale Saint-Etienne, de mémoire d'honnête homme, on n'avait pas souvenir de ce capharnaüm. Toute la presse nationale s'était ruée à Bourges. A quand remontait une affluence aussi folle ? 1849, peut-être ? Lorsque 17 militants politiques furent jugés ici, dans la ville de l'ordre et du calme. Accusés de coup d'État, après avoir tenté de placer un gouvernement provisoire, à la suite d'une grande manifestation le 15 mai 1848. Conflit de deux républiques, celle redistributive, sociale, populaire, face à celle bourgeoise, avide d'ordre et de développement économique. La ville se rétractait en état de siège. Le *Journal du Cher* se fit l'écho de cette situation : *on ne rencontre dans nos rues que militaires de toutes armes, policiers, étrangers*. Vidocq est de la partie, convoqué comme témoin, mais sous mandat d'arrêt. Il point, il parle, il part. Ramené à Paris sous bonne escorte, il profite d'un arrêt du train en gare de Vierzon pour s'évader.

Outre les monuments religieux qui font la grande richesse du patrimoine de Bourges, ce qui saisit le visiteur, dès qu'il arrive en ville, c'est la forte représentation de l'architecture civile de la fin du Moyen-âge et de la Renaissance. Il est facile de considérer que le Temps s'est arrêté ici, à l'occasion d'un voyage ; que, se sentant bien, il n'ait pas voulu repartir. A tel point que les imaginations faibles,

celles qui manquent de vigueur, au moins autant que d'instruction, pourraient croire que des ombres, aux allures médiévales, se promènent dans les rues de la cité, sur les pas des *coquillards* de l'ami Villon, qui trucidaient à l'ombre des églises, faisant écrire à Verlaine ces vers inquiétants :
Ô les routes du Moyen-Âge,
pleines de potences et de chapelles !

On raconte encore, dans les campagnes du Berry, la légende de la *chasse à baudet*, qui émet un bruit semblable, affirmait George Sand, à celui de nombreux ânes qui braient. Phénomène acoustique, non visuel décrit par la romancière. Taureau blanc, veau d'or, dragon, oie, poule noire, truie blanche, elle mentionne plusieurs animaux fantastiques qui garderaient des trésors dans des ruines. Elle évoque aussi la *grand'bête* qui se promène la nuit et effraie les troupeaux dans les métairies. George Sand avait eu accès à trop de témoignages de gens honnêtes pour ne pas croire qu'il existait quelque chose, mais elle voulait comprendre et trouver une explication rationnelle à ces phénomènes. Elle insiste fortement sur le caractère contagieux de la frayeur, comme chez les chiens qui crient et fuient devant la bête. Sa plume démontre que les phénomènes affectent une localité après l'autre.

George Sand propose une explication pour rassurer les êtres rationnels. Elle trouve refuge dans le goût des paysans pour le secret, au sens d'un savoir semi-magique, dans un domaine spécialisé, comme font les rebouteux ou les *meneurs de loups*, ces paysans dotés d'un don pour communiquer avec le prédateur, et qui ont été vus par toutes sortes de catégories de personnes en train de mener des loups par dizaine en leur parlant. Elle prend très au sérieux ces histoires, comme les cris, les hurlements, tout autant que les miaulements sauvages de la *chasse à baudet*. Personne n'ose se moquer de cette chasse fantastique. Chacun sait bien que tout ce tintamarre est produit par le Diable et ses suppôts quand ils conduisent les âmes en enfer.

2
Journal de Basile

Toute ma vie j'ai poursuivi le sommeil. Dès les premières tensions du crépuscule, je redoutais le moment d'aller me jeter au lit, retardant l'heure de me coucher. Si l'attente s'étirait, menaçante, intolérable, je sortais boire un verre dans les bars du centre-ville. On y croisait toujours une tête connue, un visage capable de nous faire oublier l'isolement de nos chambres d'étudiant. Certains buvaient beaucoup, jusqu'à s'abrutir, étudiants par hasard, ennui, défaut. Ils se traînaient comme des limaces, la première année, avant d'échouer aux examens.

Sur le campus de la faculté, on croisait de jolies filles. Grégoire les méprisait avec une belle indifférence. Certaines étrangères, avec des grands yeux, quêtaient chez lui les secours d'une amitié provisoire. Lui revendiquait sa préférence pour les femmes d'un âge plus avancé. Comme beaucoup de fils à papa, il se moquait fièrement des besogneux qui luttaient avec force volonté pour décrocher un diplôme. Son père était notaire, dans une étude au cœur de la Sologne. Grégoire portait des chemises Ralph Lauren, *et fumait des blondes américaines. Il filait certains week-ends à La Baule, pour jouer au polo, ou faire glisser sa planche à voile. Plutôt grand, mèche blonde sur les yeux, il restait mince, bien que musclé. Quand une fille nous demandait s'il était célibataire, on répondait en raillant qu'il préférait les garçons.*

*J'ai toujours détesté les transitions. Eveillé, endormi, je garde l'esprit en mouvement ou au repos, mais il existe un état indéfini, un espace entre vie et mort, où mon esprit divague. Ce tourbillon de l'entre-deux, qui m'agite au coucher, qui m'agresse au réveil, pénible vertige, a pesé sur ma vie pendant des années. A cause de cette nausée quotidienne, je séchais tous les cours du matin. Les jours de pluie, on se barricadait au chaud, à la cafétéria. C'était avant les débuts d'*Internet, *on n'avait pas encore l'habitude d'aller glander sur la Toile. Jessica nous servait des cafés, lorgnant Grégoire avec ses gros yeux vicieux. A part les cancres ou les paumés, tout le monde restait assis dans le grand amphi, bien sagement courbé sur sa tablette, à copier les saintes paroles de nos professeurs.*

J'ai encore du mal à percevoir le moment précis où commence mon sommeil. Bien sûr, je revoyais des images précédant l'instant, comme un souvenir assez flou, une sensation vague, proche du tournis, mais il était impossible de savoir à quelle heure je m'étais assoupi. A-t-on jamais conscience de perdre conscience ? Dorothée, la grande copine d'Yvoire, toujours collée à ses basques, assenait ses théories en étalant son rouge à lèvres. Elle croyait que le cerveau s'immobilise pendant qu'on dort. Comme un robinet fermé. Grégoire détestait son air de chien battu. Il mugissait dès qu'elle débitait ses sottises, en nous faisant rire. Mais Dorothée n'avait aucun esprit, et sa moue dédaigneuse nous mettait en joie.

Les débuts de notre année pour préparer la licence consacraient enfin des vocations. Beaucoup avaient tourné en rond, pendant les deux premières années, incapables d'orienter leurs idées entre les arcanes du Droit. J'avais choisi de suivre Yvoire et tout le petit groupe de ses amis, dans l'examen du Code Civil. Ambroise nous alimentait en résumés, en commentaires, en revues annotées de toute sorte. Lui avait un don pour la synthèse, et nous pour boire des cafés. Jessica nous reprochait de passer trop de temps avec elle, mais le ton de sa voix n'était pas authentique. Ses gros yeux nous traitait comme ses meilleurs clients, avec la fausse autorité d'une maquerelle, alors qu'elle était employée par le campus. Elle ne touchait rien sur le résultat de sa cafétéria. Seulement le plaisir d'aguicher Grégoire, et de lui claquer une bise langoureuse.

A Orléans, la vie s'écoulait sans surprise, toujours monotone. Une simple ville de province, aux allures bourgeoises, repliée sur elle-même, coincée entre la Sologne et la Touraine, encore endormie dans ses certitudes. On sortait au cinéma, dans les bars du centre. Quelques fois, on terminait en boîte, sur les bords de Loire. Grégoire nous embarquait dans la voiture de sa mère, en buvant gaiement sa flasque de whisky au volant, et je conduisais au retour. Le plus étonnant étaient les Tonus, *des soirées étudiantes, où l'on réunissait les jeunes ambitieux de la ville, dans des salles bien enfumées. On nous marquait d'un tampon rouge sur la main ou sur le bras, pour noter qu'on avait payé l'accès. L'alcool coulait à flot. Tout était plus facile, surtout les filles. Fiers comme des hussards, les membres des corpos portaient des bérets stupides, buvaient comme des ivrognes et montraient leurs fesses, avant d'aller vomir aux toilettes. Dorothée, elle, se plaignait toujours de l'ambiance. Nous, on s'en foutait. Il y avait de la musique à se péter les tympans.*

Ambroise se prétendait aristocrate, autant que sa garde-robe, qui se limitait à des pantalons de toiles ou de flanelle, à un blazer bleu marine, et à des vestes en tweed. Il portait aussi des foulards ridicules, et collectionnait des cravates club, avec des rayures et des blasons. Que faisait-il en Droit ? A l'entendre, il se rêvait chercheur en Histoire du droit nobiliaire, *pour devenir une sorte de Sherlock*

Holmes des particularismes orléanais. Comme de nombreux garçons de son âge, il sortait dans des soirées où les filles portaient des robes de soie. Le dimanche, après la messe à la cathédrale Sainte-Croix, il accompagnait de temps en temps son oncle à la chasse. Quelque fois, il était convié à dîner autour d'une belle pièce de gibier. Ambroise était fier de sa famille, de son alliance aux Plantagenêt, qui avaient régné sur l'Anjou et la Sicile. A croire ses discours dithyrambiques, il était apparenté à Boni de Castellane, et par voie de cause, au Prince de Talleyrand. Mais personne n'en croyait rien. Et chacun cultivait un heureux plaisir à écouter ses histoires, en se moquant royalement de sa parenté.

3
La corrida

Même le Palais de Justice projetait un aspect inquiétant, dans les locaux de l'ancien couvent des Ursulines, datant de la toute fin du XVIIème siècle. Les têtes se haussaient pour apercevoir la tueuse. Ce n'était pourtant pas un conte cruel qui avait conduit la jeune femme sur le banc des accusés. Non, c'était un crime, un crime abominable, un crime qui avait frappé les consciences de cette cité tranquille. Elle était blonde, plutôt pâle, assez belle. Était-elle folle, possédée, monstre ? Pourquoi avait-elle ôté la vie de sa logeuse en lui arrachant le cœur ? La jeune femme se tenait immobile, debout face à une salle remplie de curieux. Le président prit la parole :
- Veuillez décliner, je vous prie, vos nom, prénom et qualité.

La salle d'Assises est une arène de corrida. On y vient pour la mise à mort. Aujourd'hui la peine capitale a disparu de notre arsenal juridique. Mais la condamnation par une Cour d'Assises équivaut à une peine de mort sociale. C'est le goût du sang qui pousse les foules à s'engouffrer sous les lambris des palais de Justice. Qu'importe l'innocence du sujet, la foule veut se repaître. Elle veut boire du sang. Et celui de l'innocent est encore meilleur. Jubilation du mécanisme sacrificielle. René Girard nous avait prévenu : la foule, inaltérable, tend toujours vers la persécution. Les causes naturelles de ce qui peut la troubler ne peuvent pas l'intéresser. Après Œdipe, le *tous contre tous* s'est transformé en *tous contre un*. La peste, c'est l'accusé : le Bouc émissaire. Et la Cour d'Assises : le bouquet mystère.

La corrida, c'est le taureau émissaire. Celui qu'on charge de tous les péchés du monde, pour sacrifier à la violence des hommes. Que fait Francis Ford Coppola quand il filme le sacrifice du buffle, à la fin d'*Apocalypse Now*, par la tribu des *Ifuagos* ? Il nous montre le terrible engrenage du mécanisme sacrificiel. Chaque fois que la violence surgit en un point quelconque d'une communauté, elle tend à s'étendre et à gagner l'ensemble du corps social. La seule façon d'enrayer cette affreuse contagion, c'est de procéder à l'holocauste d'une victime innocente. La corrida ne sacrifie pas aux dieux du ciel mais aux démons de la foule. La révélation de la bassesse, proclame Pouchkine, ravit toujours la foule. C'est une catharsis d'ordre démocratique. *Il est petit, il est comme nous*. Jouir de la foule est un art, affirme notre Baudelaire, puisqu'il n'est pas donné à tout le monde de prendre un bain de multitude.

Que reprochait-on à cette jeune femme ? Un crime, un crime abominable, un de ces crimes qui donne des sueurs froides quand on y pense le soir dans son lit. La mise à mort d'une vieille dame sans défense. Une vieille dame qui logeait sa meurtrière. Une vieille dame, tranquille, aimable, gisant dans un bain de sang, le cœur arraché de sa poitrine. Du sang partout. Une plaie béante au niveau du thorax et son cœur disparu. Un coup de téléphone anonyme et la police était venue au petit matin. Elle avait vu cette scène épouvantable. Puis elle avait fouillé la maison, avant de trouver la meurtrière qui dormait paisiblement dans sa chambre, le corps couvert du sang de sa victime. Aucune trace du cœur. Mais ce sang, tout ce sang sur elle, et le couteau sur la table de nuit avait fait conclure à la culpabilité de la jeune femme.

Dieu est le seul juge, nous dit Kierkegaard (le philosophe au nom de bière) parce qu'il ignore la foule et ne connaît que les individus. Il ne sait compter que jusqu'à un. C'est pourquoi le Christ a transformé les foules en assemblées. Eglise, du grec *Ekklêsia*, veut dire *assemblée*. Chaque chrétien doit penser à son Salut, par une relation unique avec Dieu. Il ne peut le faire qu'au sein de l'assemblée. Le Salut est une affaire communautaire. Vivant du Corps du Christ, l'Eglise est elle-même Corps du Christ. Seule, elle permet une mystique de la foule, qui reste sinon la preuve du pire, selon le juste mot de Sénèque. Et, dans cette salle d'Assises bondée, la foule débagoulait sa haine, comme une bête élémentaire dont l'instinct est partout, la pensée nulle part. Debout, dans le box des accusés, la jeune femme se dressait face à elle, comme la proue d'un navire d'orgueil.

4
Journal de Basile

Le Capitole *était notre lieu de rendez-vous. C'est là que j'ai connu Yvoire. On s'asseyait sur les banquettes, pour descendre des pintes de bières. On subsistait des heures, à cancaner sur les nouvelles, pour échanger les derniers potins du campus. Les soirs de match, on se retrouvait pour siffler des verres, mastiquer des cacahuètes pleines de sel. Grégoire nous rejoignait à la fin, pour le plaisir de boire. Il commandait du whisky, toujours un Malt, et réclamait un glaçon, mais servi à part dans une soucoupe. Lui seul avait le droit de verser la glace dans son verre. Une sorte de liturgie personnelle, sûrement abominée par les serveurs. La plupart du temps, ils attendaient que le glaçon ait fondu pour le servir.*

A cette époque, je regardais l'avenir comme un couloir obscur, une sorte de lieu indéfini, par lequel il me faudrait passer, pour aller Dieu sait où. Je n'avais aucune attirance pour le Droit, encore moins pour les études, mais bon, c'était une filière comme une autre. Dorothée voulait devenir juge pour enfant, dans l'espoir d'arracher les innocents aux colères paternelles, parce que son père avait abandonné sa mère et sa sœur, quand elle avait cinq ans. Selon Grégoire, l'erreur n'était pas de les avoir quittées, mais seulement de les avoir jetées dans l'aigreur.

En fin de soirée, on était souvent bourré, parce qu'on picolait sans retenue, surtout Grégoire à cause de son whisky. Le serveur nous avertissait poliment que l'heure de la fermeture approchait. Aussitôt, on commandait une tournée, toujours la dernière, et on lampait comme des malades. Quand enfin le Capitole *nous jetait à la rue, on titubait en meuglant, faisant mine de protester, avant de filer, l'âme vagabonde. On allait chercher refuge dans un autre café. Parfois, on retrouvait Pablo, sous les fumées d'un bar espagnol, esprit bohème, sorte d'artiste contemporain qui vivait dans un monde parallèle. Je n'ai jamais vu personne boire autant que lui. Ses œuvres étaient un mélange de couleurs improbables, sur des masses aux formes insensées. Il se vantait de composer des sculptures abstraites, à l'aide de serviettes hygiéniques, récupérées dans les toilettes des filles, qu'il badigeonnait avec une mixture à base d'excréments de tortues tropicales.*

Dorothée maudissait Pablo, parce que son regard lui faisait peur. Nous, on aimait beaucoup sa compagnie, en partie pour la force de sa descente mais surtout pour les idées aberrantes qu'il tentait de véhiculer. Avec sérieux, il répandait des théories anarchistes délirantes, sur l'état de la société, la vie politique, les rapports des classes sociales. Bref, il nous amusait davantage que nos enseignants et leurs doctrines fumeuses. Mais après une certaine heure de la nuit, Pablo tétait de drôles de cigarettes, qui le faisaient sourire, des cônes en papier qui diffusaient une odeur exotique. A la fin de la soirée, il paraissait si brûlé qu'il prétendait rencontrer l'inspiration absolue. Alors, titubant avec orgueil, il filait dans les toilettes des filles pour chercher de la matière.

5
Journal de Basile

Si vous recherchez la grâce
Si vous aimez la beauté
Allons au café sur la terrasse
Voir Paris qui vit Paris léger
Quand on est femme de France
Ah ah ah
Thème de toute romance
Ah ah ah
Car quoi qu'on dise ou qu'on pense
Du monde entier elles sont adorées
Vivent nos femmes de Fran-an-an-an-ce !

Maurice Chevalier
(Femmes de France)

6
A mort la sorcière

La jeune femme demeurait silencieuse face à cette foule hostile, qui ondulait comme la triste opacité de spectres futurs. Harassée par un sommeil toujours éveillé, son visage était creusé. L'espoir, fuyard, refermait ses paupières. L'innocence est une fumée, formée des vapeurs de soupirs. Les esprits pauvres ont toujours adoré l'innocence bafouée. Les employés de la Tristesse et les Comptables de la Douleur ont à peine, hélas ! d'autres domiciles pour se repaître, pour se propager, pour s'exténuer. C'est devant l'Innocence, aurait clamé Léon Bloy, qu'en des songes de suie ou de lumière, leur viennent les péremptoires suggestions d'un Infini persistant, bien que mal famé, dans l'auberge de l'existence, où ils s'accoutument, de plus en plus, à bafouer les éternités.

Soudain, une voix mugit, suivie par d'autres hurlements, tout droit sortis d'une meute en furie. C'étaient les miaulements sauvages des démons qui conduisent les âmes en enfer, pendant la *chasse à baudet* :

- A mort ! A mort la sorcière !

Un vent farouche agitait toutes les têtes. On bramait, on beuglait, on vociférait avec hargne. Si les regards avaient été des épées, la jeune femme aurait été transpercée de part en part, comme Saint Sébastien. Tandis qu'on la conspuait avec ardeur, ses yeux fouillaient la salle, avec ferveur, en quête d'une silhouette amie. Au moment où elle posa le regard sur un moine au faciès de philosophe grec antique, vêtu d'une modeste bure de franciscain, son visage s'était aussitôt apaisé.

Après avoir calmé la salle, selon la formule antique et rituelle, depuis qu'il existe des procès : *Silence ou je fais évacuer la salle* ! (Seule menace efficace, puisque la foule avide et baveuse, ne vient que pour la joie de la mise à mort) le président prit de nouveau la parole, en se tournant vers l'accusée :

- Nom, prénom et qualité, s'il vous plait !

La détonation d'une balle de pistolet, tapée par le déclic du percuteur, n'aurait pas causé plus de remous. Sa réponse avait claqué comme un coup de fouet :

- Amanda Lemercier, officier de police.

7
Journal de Basile

Au réveillon, cette année-là, nous fûmes tous déguisés. Dorothée portait un ananas sur le sommet du crâne, et des jupes créoles. On dansait à Carnac, dans la maison de vacances de sa tante. On goba des huîtres du Golfe, et on engloutit des saumons d'Irlande, pêchés par des cousins de son oncle, au Sud du Connemara. On gigota une bonne partie de la nuit, sur des tubes de disco et sur la musique de Sardou. Grégoire avait apporté des cassettes sur lesquelles il avait mixé des titres en vogue. Comme une rivière, le champagne avait coulé à flots, tout droit monté de la cave. Je crois même qu'on avait tapé dans la réserve de la tante. Ambroise avait réclamé un bain de minuit. Il avait filé seul en direction des rochers. Lorsqu'il était réapparu, trempé comme un chat maigre, on avait ouvert un flacon de vieux rhum pour le réchauffer.

Quelques jours auparavant, Yvoire nous avait présenté Olivier, un petit ami, sorte de blond fadasse à la peau rose. Agent immobilier. Ce plouc s'habillait avec le mauvais goût ostentatoire des anciens voyous de cinéma. Il maculait ses cheveux d'un gel trop brillant. Quand il nous rejoignait au Capitole, *avant d'embrasser Yvoire au coin des lèvres, non sans une pointe d'avidité vulgaire, il nous lâchait une de ces phrases du genre :* « Salut les jeunes ! » *alors qu'il devait avoir le même âge que nous. Il gagnait de l'argent facile, en vendant une ou deux maisons chaque mois. Tel un chien qui lève la patte, incapable de se retenir, il adorait flamber sous nos yeux, croyant nous épater. Yvoire brillait quand il se pointait. Papillon aveuglé dans les feux d'une voiture, je la regardais virevolter joyeusement. Sans me tromper, je n'ai pas peur d'affirmer qu'il nous détestait tous copieusement. A part Grégoire, qui était fils de notaire.*

Dorothée n'avait jamais de petit ami. Elle courait un peu dans le sillage de Grégoire, au cas où. Mais lui s'en moquait, parce qu'il déridait une bourgeoise entrée en quarantaine, épouse et mère de famille, qui bovarysait deux après-midis par semaine pour combler son temps libre. Je crois que tout le monde en tenait une bonne au moment de la nouvelle année, pour fêter la Saint-Sylvestre. Et au petit matin, on était parti marcher sur la plage avec nos déguisements sur la peau, pour faire des photos. L'air était frais. Sous nos yeux, la mer ballotait son écume à perte de vue. Etourdis, fatigués, heureux d'être là, nous chahutions sur le sable, pour admirer la première aube de cette nouvelle année. Bien loin de nous douter qu'elle marquerait nos vies.

Au mois de janvier, Ambroise nous avait conviés au château de sa grand-mère, pour goûter une belle pièce de chevreuil. Une propriété aux volumes grandioses, dans ce faux style troubadour qui a fleuri partout en France à la fin du XIXème siècle. Les plâtres moisissaient dans la galerie des portraits. Avant le dîner, nous avions gaiment vidé le punch traditionnel de la famille. L'argenterie restait mate. Des traces de poussière couvraient la cire voilée des marqueteries. Notre conversation roulait sur le thème ronflant du déboire amoureux. Dorothée nous avait divulgué les coulisses de son dernier chagrin. Enfermée en peignoir, pendant trois jours et trois nuits, pour écouter en boucle la Traviata, *et surtout barbouiller une montagne de mouchoirs en papier. Grégoire levait les yeux au ciel. Yvoire souriait. Je crois que la jalousie de Dorothée ne fut jamais si prégnante. Elle quittait peu l'ombre de son amie, car elle ne supportait pas le sentiment d'être abandonnée. Elle enviait Yvoire à en crever, pour sa joie de vivre, et parce que tous les garçons recherchaient sa présence.*

Quelques fois, le weekend, je restais bouclé à lire des pages de Dostoïevski. Je déchiffrais aussi des livres de Nietzsche, dont je n'ai jamais su écrire le nom. Il n'était pas rare qu'on vînt frapper à ma porte. Souvent c'était Ambroise qui venait chez moi pour récupérer ses feuilles de cours, que je n'avais pris le temps de photocopier. A chaque fois, il me proposait de boire un café, quelque part dans le quartier. Je crois qu'il aimait partager ces moments suspendus hors du temps. Nous restions des heures à discuter Histoire, philosophie ou politique. Je n'oublierai jamais nos soirées athéniennes, et ce plaisir à glorifier le savoir universel, à louer les mystères de la poésie, à célébrer, où qu'on les trouvât, les reflets de la beauté éternelle.

Pendant le moment des examens de février, la tension rôdait sur les esprits anesthésiés par la lente agonie de l'hiver. On se réunissait par petits groupes, afin de confronter nos connaissances. Les plus fainéants tentaient de harponner des plus forts, ainsi que les volailles de basse-cour autour des bêtes de force, en vue de récolter quelques miettes et soulager leurs faibles ambitions. Ainsi bruissait parmi les étudiants un bourdonnement de vie, qui ressemblait aux vibrations d'une ruche. Je n'ai pas oublié ce furieux embrasement d'énergies, éruption de nerf, de chair, de sueur, effervescence vivifiante, plus intense que tous les chantiers de l'ancienne Egypte. Et, devant le tohu-bohu de ce spectacle sans nom, Grégoire se tenait impassible, fumant d'une main sa cigarette, caressant de l'autre un bock de bière, pour tracer des signes curieux sur la buée glacée, dans une sorte de chorégraphie jouée par son doigt le long du verre moussant, comme si le salut du monde dépendait de la précision de son petit manège. Et, malgré la belle gravité de son visage, il irradiait un sourire presque invisible, tout intérieur, à la fois byronien, terrible, péremptoire et effrayant.

8
Journal de Basile

Les parents d'Yvoire occupaient un hôtel particulier dans le quartier Dunois. Son père était élégant et mince. En automne, il chassait, avec l'oncle d'Ambroise, sur les coteaux de Loire. Deux braques de Weimar gardaient le salon. Un Jack Russel bondissait sur les invités. Sa mère, une femme très distinguée, mince, bridgeait aussi avec les parents de Grégoire. Quand elle sortait en ville, au volant de sa Golf cabriolet, pas moins rouge que rutilante, les jeunes se poussaient du coude. Ils louaient à Megève en hiver, avant la mode de Marrakech, revenant bruns comme des métisses. Pour l'été, ils prenaient leurs quartiers à La Baule, dans la villa de famille, qui somnolait sous les pins.

Sa mère avait tenu à nous saluer. C'était la première fois qu'Yvoire nous invitait. Mme de Saint-Prix parut dans un tailleur Chanel *rose, en route pour un vernissage. Avec une politesse toute frivole, elle expédia chacun d'un petit mot gentil. Sa présence irradiait. De son côté, Yvoire pouffait, sans doute amusée d'endosser un rôle de maîtresse de maison, le temps d'une soirée. Nous avions dîné d'un canard à l'orange, viril en diable, et mitonné par les secrets de famille, avant d'aller nous enfouir au salon pour goûter les alcools. Dans la cheminée, un grand feu crépitait, projetant les reflets de ses lumières ardentes sur nos visages insouciants.*

Devant une photo, un cliché, déjà ancien, des parents d'Yvoire, Dorothée avait fabriqué une sorte de petit compliment. Chez eux, le temps du dîner s'apparentait à une façon de parenthèse. Heureux de nous retrouver dans le décor d'une ancienne maison, nous étions plus proches de jouir de notre indolence, si propre à nos âges, que de savourer les formes d'un goût intelligent. Pour ma part, je découvrais qu'il existait encore des gens capables de savoir concilier entre eux les mots art et vivre. *Par la fenêtre, derrière l'encadrement des rideaux épais, je voyais la ramure d'un grand cèdre libanais déployer son ampleur, avec cette grâce naturelle qui affirmait sa noblesse.*

Avant la fin de l'hiver, Yvoire nous avait proposé de suivre une chasse à courre. Son père tenait des parts dans un équipage. Nous avions couru toute la journée dans les bois d'un domaine en Sologne. Grégoire avait emprunté la Land Rover *du père. Il nous avait entassés sur les banquettes. Yvoire suivait à cheval, montée en amazone, dans un bel habit sombre aux couleurs de l'équipage. Il faisait un froid de fin du monde. Une forte fumée trahissait nos haleines. Je me souviens de Dorothée, de son manteau en daim, avec ses airs prétentieux de duchesse anglaise, tout droit descendue d'un tableau de Gainsborough.*

Il faisait un ciel magnifique. On guettait l'appel de la meute qui fourrageait dans les sous-bois. On entendait sonner, de loin en loin, en écho à la rumeur des chiens, les trompes des chasseurs. La troupe s'égaillait dans les enceintes. A deux ou trois reprises, bondissant dans les allées de la forêt, nous avons aperçu l'animal de chasse, suivi par une horde de chiens hurlants et par quelques cavaliers haletants. Soudain, je fus saisi par un sentiment confus, troublé par un plaisir indéfini. J'étais là, heureux de galoper dans les bois. Oui, heureux, tout simplement heureux. Le vent agitait les branchages en silence, tandis qu'embaumaient partout les saveurs d'un parfum humide, brouillé de mousse et de champignons.

Après la mort du chevreuil, nous avons tous assisté à la curée. Les odeurs du sang excitait les chiens, bataillant en aboyant pour réussir à garder le premier rang dans la cohue. Dorothée se tenait à l'écart, livide, écœurée par toute la sauvagerie des molosses. Elle gardait sa main devant la bouche tandis que certains d'entre eux mordaient leurs congénères, sous l'œil exercé du piqueux. Son fouet tentait d'imposer un soupçon d'équité humaine, aux lois de la nature. Seul Grégoire s'amusait en fumant une cigarette, déclarant qu'il regardait la sincérité des animaux comme un vrai soulagement, car leur brutalité ignorait les mensonges de la cruauté.

Le soir, tous alignés sur les bancs d'une immense tablée, nous dînâmes sous les charpentes séculaires d'un bâtiment de ferme. De grands feux chauffaient l'air, au fond des âtres démesurés qui entouraient la pièce. Comment oublier le visage d'Yvoire, brillant, impérieux, arrangé par les éclats rougeoyants des flammes, adouci par les pinceaux d'une joie intime ? A ses côtés, l'oncle d'Ambroise papillotait des yeux coruscants. Pendant tout le cours du banquet, il avait narré des histoires de chasse, à la façon des personnages des contes de Maupassant. Il faisait si bon. Le feu nous revigorait, tandis que le vin chauffait nos veines et nos esprits. Là-bas, dans le grand dehors, on entendait gémir les chiens, démons invisibles qui avaient lutté pour dévorer la bête, gueules rougies par le sang de leur victime. Et le vent hurleur portait au loin l'écho de leur plainte, vers les ombres de la forêt.

9
Article de presse

Le Berry Républicain
Jeudi 15 septembre

Depuis lundi, la salle d'Assises est pleine pour suivre le procès Lemercier. Pour ceux de nos lecteurs qui ne connaissent pas l'affaire, voici un bref rappel des faits. Mme Lemercier est officier de police en Normandie. Elle est venue dans le Berry, en juin dernier, pour assister aux funérailles de sa tante, à la Chapelle d'Angillon. Ayant choisi une chambre d'hôte chez Mélanie (célèbre hôtesse dans le secteur) elle s'est installée pour deux nuits. A l'aube du deuxième matin, la gendarmerie a été appelée au secours par le téléphone de la victime. Les gendarmes sont arrivés au plus vite depuis la brigade d'Henrichemont. Mélanie baignait dans son sang, la poitrine ouverte, le cœur arrachée. Curieusement, Mme Lemercier dormait à l'étage, ses vêtements de nuit tâchés du sang de Mélanie. Un couteau plein de sang sur sa table de nuit. Après analyse des enquêteurs, le sang était celui de la victime, et le couteau l'arme du crime. Au regard des diverses constatations, Mme Lemercier fut mise en examen, placée en détention provisoire. Devant la colère populaire, le Procureur Général de la Cour d'appel de Bourges a demandé de fixer, dans les plus brefs délais, la session d'Assises. Une fois l'instruction bouclée en quelques semaines, la Cour d'Assises peut donc siéger depuis lundi. Tout le monde veut connaître les raisons qui ont poussé Mme Lemercier à commettre une telle horreur. Les deux premiers jours, les débats ont reconstitué les faits. Les enquêteurs et les experts ont défilé à la barre. Mais chacun est impatient de savoir ce que va dire aujourd'hui le célèbre père Brun, ami de Mme Lemercier, qui intervient en qualité de témoin. Quelles que soient les raisons de la meurtrière, tout le monde attend une sanction exemplaire. Est-ce que le Jury va trembler ?

10
Journal de Basile

Et puis surtout, il y avait Maurice, le grand, le vrai, l'indépassable Roi du music-hall. Lui seul accompagnait ma vie, mon troubadour, mon soleil, mon Pythagore à moi. J'admirais ses chansons, qui m'exaltaient. Je faisais miennes ses paroles, ainsi que les idées du philosophe allemand et moustachu qui était mort après avoir sauté au cou d'un cheval dans les rues d'une ville italienne : « Si nous ne nous convertissons et ne devenons semblables aux vaches, nous n'entrerons pas au royaume des cieux. Il n'y a qu'une chose que nous devrions apprendre d'elles : à ruminer ! ». *Oh oui ! Je ruminais toutes les chansons du grand Maurice, l'artiste de tous les défis. 68 ans de scène. Plus de 1 000 chansons. 70 films. Une chanson de Maurice, c'est un peu de ciel bleu qui entre par la fenêtre. Il avait tout inventé, la gaieté, l'entrain, l'insouciance. Maurice, c'était la désinvolture faite homme.*

Bien sûr, il y avait son chapeau de paille, et son nœud papillon, son air goguenard, et son allure dégingandée. Mais Maurice, c'était aussi une voix.

Une voix à part, un peu éraillée, voix truculente, et gouailleuse, qui incarnait joie de vivre et bonne humeur, voix de titi parisien, qui roulait sur les r, trainait sur les syllabes, et pointait les accents, en palatalisant les gutturales. Voix qui chantait si bien la France, entre la vie et l'amour, entre le flirt et la romance, entre le champagne et les paillettes.

Mais avant d'être une voix, Maurice c'était d'abord un sourire. Le sourire qui avait ravagé les plus belles femmes de Paris et d'Hollywood. Celui du Chéri *de ses dames. Il avait tout inventé. Même le sourire idéal. Plus tard, le père Carré, une belle figure de la Résistance, le célèbre prédicateur de* l'Académie française, *dira qu'il ne vit jamais de sourire plus merveilleux. Maurice a tout inventé. Il est le premier artiste à se produire en solo sur une scène. Les Américains lui ont volé l'idée pour créer le fameux* « one-man show ». *Avant lui, personne ne se produisait jamais sur scène sans un orchestre. Seul avec le public et un piano. Le p'tit gars de Ménilmuche, le gavroche de Broadway, est devenu une légende à force de talent et de pugnacité. Il a conquis les plus belles femmes de son temps, avec un sourire, avec un couplet : Fréhel, Mistinguett, Marlène Dietrich, Patachou, et combien d'autres ? Champagne !*

Pour célébrer le printemps, Grégoire s'était offert une voiture de sport, un petit cabriolet anglais Midget, *couleur noire, conduite à gauche, avec les cuirs sang de bœuf. Olivier disait que c'était pour épater les filles. Mais nous savions que Grégoire vivait pour mener son plaisir, en se moquant du regard des autres. Non sans une pointe d'un orgueil épais, il sillonnait les rues d'Orléans, déployant la morgue d'un seigneur avec ses manants. A ses heures perdues, il filait sur les routes qui bordaient la Loire. Poussant à fond le moteur, il se grisait de vitesse, cheveux au vent. De temps en temps, je l'escortais pour une escapade improvisée dans la campagne verte, qui conduisait parfois du côté de Meung, sur les douces rives du fleuve intemporel, où exhalait un air poétique, teinté d'ardoises et de roses.*

Quand il conduisait Yvoire, au volant de son bolide, on voyait les flâneurs se donner du coude, pour désigner ce jeune couple si beau, qui passait sous leurs yeux. Je n'ai jamais connu les sentiments d'Yvoire pour Grégoire, mais j'ai toujours pensé qu'ils étaient faits l'un pour l'autre. A considérer la moue de Dorothée, quand Yvoire sortait de la voiture, je savais bien la valeur de mon intuition. D'ailleurs, j'ai longtemps soupçonné Olivier de ronger son frein. Jaloux de nous tous, il exagérait à loisir ses manières prétentieuses pour nous agacer. Je crois bien qu'il était malade, comme angoissé, quand il apercevait Yvoire qui souriait aux côtés de Grégoire, parce que ces deux-là s'accordaient avec un naturel désarmant. Elle, sans embarras, prenait un vif plaisir à s'étourdir, tel un oiseau qui apprend à voler, ignorant la foudre qui brise un cœur lancé.

Grégoire ne parlait jamais d'amour, sauf pour envisager la question sous l'aspect physique. Il ne croyait pas à la vérité des sentiments. On disait en ville que son père était un coureur. Désinvolte, il répétait à foison qu'il ne tombait jamais amoureux, en insistant toujours sur le mot tomber, *pour mieux exprimer l'idée d'une chute. Pourquoi les femmes d'âge mûr ? Il se confiait peu à ce sujet. Un jour, je lui faisais remarquer (entre deux gorgées de son whisky préféré) qu'il semblait naturel de fréquenter les femmes de son âge. Grégoire avait souri. Puis, en quelques phrases, il me démontra qu'un seul âge méritait d'être aimé. La femme de quarante ans brillait à ses yeux dans tout l'éclat de sa maturité sensuelle. A quoi, il ajouta, implacable et logique :* « Si je m'en tiens à ta théorie, et que je meurs à vingt-cinq ans, je ne connaîtrai jamais de femme de quarante ans ».

La voiture de Grégoire faisait sensation. Les filles du campus lui envoyaient un petit signe de la main, quand il sillonnait les rues. Il n'était pas rare de le voir passer en centre-ville. On reconnaissait le bruit du moteur, mais aussi celui du klaxon. *Un après-midi que je déambulais près de la* Place du Martroi, *j'entendis sonner après moi. Il était un peu plus de trois heures. Le soleil était doux. La* Midget *apparut. Grégoire n'était pas seul. Un passager me faisait des grands signes à côté. C'était Ambroise. Que faisaient-ils ensemble ? Ils étaient là, tous les deux à rire, comme des enfants qui préparaient une mauvaise blague.*

Ils m'avaient crié une poignée de mots que je n'avais pas compris. A les voir rigoler de la sorte, on pouvait penser qu'ils étaient pressés. Grégoire appuya plusieurs fois sur l'accélérateur, de façon à faire pétarader le pot d'échappement. Ils braillaient encore, mais je n'entendais rien d'autre que les explosions du moteur. Que me disaient-ils ? Où partaient-ils ? Soudain la voiture démarra, et fila tel un jet de lance. Avec la souplesse d'un fauve, elle amorça un virage difficile, avant de fondre dans la rue voisine. Pendant une brève seconde, j'avais pu distinguer leurs deux profils, parfaitement dessinés, comme les portraits jumeaux de héros antiques, finement irradiés par le soleil d'avril, offrant au roi des astres, la fugacité de leurs effigies.

11
Journal de Basile

Prosper yop la boum
C'est le chéri de ces dames
Prosper yop la boum
C'est le roi du macadam
Comme il a toujours la flemme
Y n'fait jamais rien lui-même
Il a son « Harem »
Qui de Clichy à Barbès
Le jour et la nuit sans cesse
Fait son petit business
Et le soir, tous les soirs
Dans un coin d'ombre propice
Faut le voir faut bien l'voir
Encaisser les bénéfices
Il ramasse les billets
Et leur laisse la monnaie
Ah quel sacrifice
En somme c'est leur manager
Et yop la boum, Prosper !
Avec sa belle gueule d'affranchi
Là-haut sur la butte
Ah ! toutes les gonzesses sont folles de lui

Et se le disputent
Y en a qui s'flanquent des gnons
Mais oui ! et se crêpent le chignon
Pendant c'temps voyez-vous
Tranquillement il compte les coups

Maurice Chevalier
(Prosper, Yop la boum)

12
Le franciscain de Bourges

Il fut la lumière pendant l'occupation de la ville par les Nazis. Les temps étaient sombres. La nuit du mal étendait son manteau sur les âmes. Les résistants seront broyés, torturés, fouettés, frappés, étranglés avec la plus extrême brutalité. Mais dans cette ombre la plus obscure brillait une lueur faible. Marc Toledano raconte. Jeté entre les mains de ses bourreaux, les Nazis arment un pistolet, le visent, puis changent d'avis. L'un d'eux décroche un fouet pour chiens, fait siffler la lanière qui atteint son œil et sa tempe. La douleur est si aigue qu'il vacille avant de tomber. Mais ces fous dangereux n'en restent pas là. Ils plantent sa tête dans la lunette des toilettes, en tirant plusieurs fois la chasse d'eau. Un autre jour, ils enfoncent dans sa gorge un chiffon plein de poils sur lequel les chiens se couchent, puis l'interrogent jusqu'au bord de l'étranglement. Sans ménagement, les coups pleuvent. Puis, au seuil de la mort, on va le mener au cachot, dans une prison au nord de la ville.

A bout, il sombre, les poignets broyés dans les menottes qui possèdent des mâchoires acérées comme des pièges. Le métal entre dans sa chair. Et dans un semi-coma, il entrevoit une silhouette. Un homme s'immobilise tout près de lui, met sur son front une grosse main chaude, courte et potelée, et lui dit dans un souffle :
- Ne bougez pas, ne dites rien, s'il vous plait, je suis infirmier allemand, frère Alfred, de l'ordre de Saint François. Je suis là pour vous soigner, pour vous réconforter, vous soulager.

Qui peut imaginer la parole d'un homme de Dieu au fond de ce cachot humide, où l'Espérance, comme une chauve-souris, s'en va battant les murs de son aile timide, se cognant la tête à des plafonds pourris ? Un homme porte la lumière de l'espoir. Un simple franciscain, allemand de Dantzig, issu d'un milieu ouvrier. Il met au point des réseaux internes de communications entre détenus, les conseille sur leur défense. Les soulage, les aide, les soigne. Et sauve de nombreuses vies du peloton d'exécution. Il prend des tours de garde la nuit, qu'il se fait payer par les gardiens qu'il a remplacés, en les éloignant dans les bordels berruyers. Avec l'argent, le moine achète de la nourriture pour les détenus. Alfred Stanke est un homme bon. Sa vie honore la mémoire des milliers de religieux anonymes qui ont œuvré en silence, sous le seul regard de Dieu, pour sauver les âmes des malheurs du monde.

Ce n'était pas le *Franciscain de Bourges* qui s'était avancé à la barre, mais un autre moine connu sous le nom de père Brun. Il était le centre de tous les regards. On ne voit pas tous les jours une bure de franciscain sur le plancher d'une salle d'Assises. A vrai dire, chacun se demandait ce qu'il était venu faire ici. Les éléments de l'enquête étaient clairs, et nul ne pouvait imaginer ce qu'il allait bien pouvoir exposer devant les jurés. A quoi bon venir jusqu'ici pour soutenir une amie criminelle ? La plupart des badauds présents ce jour-là ne connaissaient pas les capacités du père Brun pour aller fouiller dans les entrailles de la Vérité. Les esprits étaient treillissés, carapaçonnés, et même grillagés par le scepticisme. Leurs imaginations, des Scéthés amplement stériles, abimées par les fleurs de boue, de honte et de bêtise des programmes télévisés. Aussi, quand l'exorde du père Brun s'éleva dans la salle, telle la voix de Saint Macaire dans le désert d'Egypte, un frisson de vie parcourut la houle moite des visages accablés de stupéfaction.

13
Journal de Basile

L'été suivant, Yvoire nous avait réunis à La Baule, dans la villa de ses parents. Ils nous avaient accueillis, le premier soir, autour d'un dîner, melon et grillades, avant de s'envoler pour les Cyclades. Il faisait beau. On vivait en maillots de bain. Toute la semaine on était sorti en boîte, pour craquer du pognon. La soirée commençait au Bidule, *sorte de lieu intemporel, autour de barriques légendaires. Et puis on filait vers les bars de* l'Avenue de Gaulle, *pressé de se chauffer les sangs. Parfois, on allait siroter l'apéro sur la terrasse de* l'Hermitage. *Une fois, on avait dégusté des crabes à la brasserie de la plage. Dorothée avait étouffé des petits cris. A la table voisine, dînait Richard Berry.*

Le matin, on se levait rarement avant midi. Sous le soleil, déjà vigoureux, on commençait nos journées par écluser des coups, en préparant le feu pour les grillades. Ambroise revenait du marché avec des coquillages. On s'empiffrait jusqu'à trois heures, à demi-allongé dans les transats. Puis on se dirigeait vers la plage pour faire la sieste et fumer des cigares. Yvoire lisait des livres de Michel Déon tandis que Dorothée parcourait les derniers potins d'une pile de revues féminines, afin d'examiner en cachette son nouvel horoscope. La mer était bleue. Nous, on remontait la baie, en examinant les filles, étalées sans pudeur sous nos yeux. Grégoire faisait des commentaires poivrés, tandis qu'Ambroise, de son côté, reluquait les plus belles poitrines, dans un silence tumultueux.

En fin d'après-midi, on jouait au ballon, histoire de s'aérer les poumons. Les filles allaient papoter avec d'autres copines, en vacances dans le coin. Vers six heures, on retournait au bercail, avec impatience, pressé de prendre des douches, avant de s'habiller pour le soir. Chacun se parfumait. On voyait fleurir des polos Lacoste, *ou des chemises anglaises, et des petites jupes d'été. Quand tout le monde était fin prêt, on buvait un premier verre, simplement pour se mettre dans l'ambiance. Yvoire vidait la cave de son père, avec un détachement méticuleux. Et chacun lichait, dans une furieuse indifférence. L'air était chaud. Le soleil terminait la course de son déclin, dans un grand ciel éclatant de couleurs. La soirée promettait d'être belle.*

14
Journal de Basile

Quand il fait chaud
Que l'thermomètre
Monte si haut
Qu'on n'sait où s'mettre
Quand la chemise
Colle à la peau
Quand exténué
Tout nous dégoutte
Tout nous fait suer
À grosses gouttes
Et qu'on n'ose plus remuer
Mieux qu'un porto
Qu'un vieux Pernod
Qu'un Cinzano
Qu'est-ce qu'il nous faut ?

Un p'tit air
Avec des paroles pas bien méchantes
Un p'tit air
Avec une musique pas trop savante
Un p'tit air
Qu'on peut siffler comme un Vittel menthe

Un p'tit air tralalalalère
Un p'tit air po po po
Un p'tit air ha ha !
Un p'tit air

Maurice Chevalier
(Un p'tit air)

15
Si la Vérité n'existe pas

- Si la Vérité n'existe pas, nous n'avons rien à faire ici. Nous pouvons lever l'audience et nous en aller. Si la Vérité n'existe pas, il n'y a pas plus de coupables que d'innocents. Si la Vérité n'existe pas, nous n'avons aucune raison de juger Amanda Lemercier. Coupable ? Innocente ? Où se situe la différence ? Si la Vérité n'existe pas, on ne peut pas causer une erreur judiciaire. En conséquence, tout jugement devient inutile. Si la Vérité n'existe pas, le crime n'existe pas. Et nous perdons notre temps à vouloir rendre la Justice.

Mais si la Vérité existe, nous devons alors la chercher au nom de l'Innocence bafouée, avec des esprits déterminés par l'haleine des cœurs en travail de Justice. Si la Vérité existe, Mesdames, Messieurs du Jury, si la Vérité existe, nous avons le devoir de la mettre à nue, telle Phryné devant ses juges. Fais lever sur nous la lumière de ta face, ô Éternel ! Si la Vérité existe, Mesdames et Messieurs du Jury, mais vous, tremblez, ne péchez pas, réfléchissez dans le secret, faites silence. Vous ne pourrez pas dormir tant que vous n'aurez pas embrasser la bouche de la Justice. Si la Vérité existe, elle nous crie depuis le fond de l'Eternité : Fils des hommes, jusqu'où irez-vous dans l'insulte à ma gloire, l'amour du néant et la course au mensonge ?

Je sais que la Vérité existe, parce qu'il est impossible d'affirmer le contraire, sans proclamer une vérité. On n'invente pas une vérité, nous dit le grand Quintilien, mais seulement un mensonge. Car les ténèbres folâtrent avec les ténèbres, tandis que la Vérité brille sans tâche. Oui, la Vérité existe, et c'est elle, elle seule, Mesdames, Messieurs du Jury, qui doit guider votre cœur, et non seulement votre raison, pour éviter la coagulation de vos âmes. Car, depuis Homère, Platon et les autres, le cœur est le centre du désir, le lieu où se prennent les décisions, le milieu unificateur de notre ensemble âme-corps, qui donne à tout ce que nous vivons un sens et une ondulation. Parce que la Vérité existe, parce qu'elle séjourne dans le secret de vos cœurs, Mesdames, Messieurs, vous devez rejeter toute erreur, comme une lave liquide, insensée, noire et dévorante.

Parce que vous le savez bien, vous aussi, que la Vérité existe, vous écouterez ma démonstration. Je ne viens pas ici en ami d'Amanda Lemercier, ni même en détective, mais simplement en homme de bon sens et d'honneur. Et, à ce titre, je vais vous expliquer pourquoi l'officier de police qui se tient devant vous, dignement, sur le banc des accusés, n'a pas pu commettre le crime qu'on lui reproche, non pas en raison de sa grande probité, mais en raison d'un élément matériel, dont l'importance a échappé aux enquêteurs.

16
Journal de Basile

Les Iraquiens avaient envahi le Koweït en plein milieu de nos vacances. Première invasion depuis belle lurette. Ambroise avait aussitôt acheté Le Monde *et* Le Figaro, *pour nous commenter les nouvelles à l'apéro du soir, entre deux verres. A vrai dire, on se moquait royalement de la guerre. Mais pourquoi ces foutus Iraquiens avaient décidé d'attaquer pendant nos vacances ? Dorothée, entre deux gorgées de Martini, affirmait que c'était à cause du pétrole, ce satané benzène qui polluait nos vies. De puissantes compagnies luttaient pour son exploitation. Et voilà que pour l'or noir on déclarait une vraie guerre ! Et les Yankees promettaient de riposter. Diables, il allait y avoir du pétard. Diables d'Américains, surtout ! Grégoire avait conclu, en guignant avec ironie du côté d'Yvoire :*

- C'est ton copain Olivier qui va être content pour vendre ses bicoques.

Charlotte nous avait rejoints au troisième jour. Une cousine d'Yvoire, étudiante en médecine. Jolie brune, queue de cheval, silhouette oblongue, formes attrayantes. Le regard d'Ambroise avait-il tremblé ? Il se montrait bien différent. Un peu plus rêveur, plus docile qu'à l'accoutumée. Entre deux cigarettes, Grégoire n'avait pas pu manquer de le railler, car la belle Charlotte était amoureuse d'un gandin. Voulait-il conjurer sa ferveur ? Dorothée propageait des rumeurs de mariage. Qu'importait à Ambroise ! Elle était jolie, spirituelle. On glandait en vacances, la mer brillait, il faisait chaud. Très chaud. Si chaud. Trop chaud. Nos corps alanguis réclamaient des caresses. On les vit s'embrasser le soir même, sous une boule à facette, au milieu de la piste de danse. Pendant un long moment ils avaient disparu dans la cohue de la soirée. Yvoire était embarbouillée, ne sachant quoi faire, tandis que Dorothée les accablait de tous les maux, sous le nez des autres qui ne l'écoutaient pas. On dansait, on buvait, on s'étreignait et, pendant tout ce temps, un déluge de feu s'abattait sur le Koweït. Au petit matin, on les avait vus réapparaître, bien serrés l'un contre l'autre, tenues froissés, sable dans les cheveux. Sans dire mot, Charlotte s'était recoiffée, tandis que Grégoire ébrouait sa chemise, avec toute l'indifférence d'un prédateur.

Elle nous quitta juste après le déjeuner, pour rejoindre sa grand'mère, du côté d'Arcachon. Le soir, Ambroise demeurait assombri, renfermé, presque revêche. Pour une fois, Dorothée se montra gentille. On évita de nommer l'absente. Yvoire fit des crêpes, avec du cidre. Beaucoup de cidre. On but comme des forcenés. Puis on partit en chantant faire la tournée des Grands Ducs. *Et Ambroise hurlait dans la rue, pour se donner du courage. Toujours la guerre de l'autre côté du monde. Il faisait beau. On se marrait. Encore une nuit sans fin, une de ces nuits où la vie nous paraît plus belle, parce que tout semble possible. Mais pourquoi la guerre pendant nos vacances ? Le mois suivant, Yvoire nous annonçait le mariage de Charlotte avec un pharmacien de Bordeaux.*

17
Journal de Basile

Dites-moi ma mère
Dites-moi ma mère
Pourquoi les chiens dans la rue
Se montent dessus
Dites-moi ma mère
Dites-moi ma mère
Pourquoi qu'on leur jette sur l'dos
Des grands seaux d'eau
Dites-moi c'est curieux pourquoi les éléphants
Ont une queue derrière et une autre devant
Dites-moi ma mère
Laquelle qui leur sert
Pour montrer qu'ils sont contents

Maurice Chevalier
(Dites-moi ma mère)

18
Trois constats

- En réalité, ce n'est pas un élément matériel qui a échappé aux enquêteurs. Mais trois constats qui convergent tous vers la même conclusion.

Le discours du père Brun avait assommé les préjugés des plus sceptiques. De quoi parlait-il ? Sur son fauteuil, le président de la Cour balançait tels les fléaux de la Justice. Du côté du Jury, les visages s'étaient fanés comme des coquelicots après une journée de canicule. Même la greffière baillait en direction de corneilles invisibles. Dans la salle, les journalistes avaient tendu le cou, ainsi que des tortues vers une feuille de laitue. Quels étaient ces trois constats que voulait peindre ce curieux moine au visage de philosophe grec antique ?

- Le premier constat est simple. D'ailleurs, il s'agit d'un constat double. L'autopsie pratiquée sur la victime nous confirme que le couteau trouvé sur la table de nuit d'Amanda Lemercier est l'arme du crime. Que cette arme a servi à ouvrir la poitrine de la malheureuse Mélanie pour en extraire le cœur. Or, les enquêteurs n'ont pas pensé à examiner un point crucial : l'affûtage du couteau.

Une femme, au yeux noirs, en robe noire, aux cheveux noirs, écoutait le moine avec attention. Les cœurs commençaient à s'agiter dans la salle, comme ces nuits où la lune d'un ciel polaire vient verser sur les poitrines, dans le fond des chambres ténébreuses, un cône de rayons extatiques. Alors, palpitent, comme des phalènes, des atomes d'argent d'un chaos ineffable, en attendant que le crépuscule du matin vienne offrir, par le changement de décors, un dérisoire soulagement à ces cœurs bouleversés.

- Nous sommes en présence d'un couteau japonais à biseau simple. C'est-à-dire que la lame n'est aiguisée que d'un seul côté. Pourquoi utiliser un tel couteau ? Il permet une belle découpe parce que la lame n'écrase pas les chairs, mais les sépare parfaitement. Ce sont les ustensiles privilégiés des chefs japonais pour la taille des viandes.

Le procureur général commençait à rêver qu'il était entré dans le corps d'un pourceau, qu'il n'était pas facile d'en sortir et qu'il vautrait ses poils dans les marécages les plus fangeux. Il ne savait pas encore de quelle façon, mais il comprenait que ce moine allait se jouer de l'accusation, comme un chat d'une souris. Quel était donc ce drôle de sorcier ? Appartenait-il à l'humanité ? D'où tenait-il son pouvoir d'envoûter la foule ? Car il voyait poindre sur les visages les prémices d'une joie pestilentielle. Cette joie qui triomphe toujours quand les puissants vont chuter d'un trône.

- Ce couteau japonais est donc affûté d'un seul côté. Pourquoi ? Parce que la Nature a fait des gauchers et des droitiers. La lame est ainsi aiguisée du côté opposé, pour contrer la tournure naturelle du poignet et obtenir une découpe parfaite. Ainsi, le couteau d'un gaucher sera biseauté sur le côté droit de la lame. Si vous voulez bien vous donner la peine d'examiner l'arme du crime, vous pourrez constater que nous avons affaire à un couteau de gaucher.

Le procureur général aurait-il eu plus mal au cœur si on avait enfoncé le couteau biseauté dans sa poitrine ? C'était le retentissement d'un malheur parfait, brutal et fulgurant qu'il redoutait depuis des années. Il était enfin venu le jour où il fut transformé en pourceau devant la face des hommes. Il pouvait essayer ses dents sur l'écorce des arbres. Admirer son groin avec délice ! Il ne lui restait plus aucune parcelle d'humanité. L'auditoire ondulait comme ses propres membres lamentables, pour s'adresser à son foie malade, à ses poumons noircis, à sa bile extravasée, à ses tristes pieds, à ses mains moites, à son phallus pollué, à ses cheveux hérissés de sa tête perdue d'effroi. Il pouvait désormais s'adonner à l'excessive bassesse d'une volupté ineffable. Dans un coin de la salle, une femme en noir ne quittait pas le moine des yeux.

19
Journal de Basile

Parfois, je m'éveillais la nuit, oreille tendue. Pas une voiture, pas un marcheur. Rien d'autre que le son du vide qui bourdonnait autour de moi. On n'a pas idée du silence qui coagule les nuits dans une moyenne ville de province. Envie de me lever, de m'habiller chaudement pour sortir. Pour aller où ? Nulle part, évidemment. Et je demeurai sous ma couette, à me retourner dans tous sens. Quelle heure était-il ? Je ne voulais pas savoir. Dehors, il faisait froid. La vie semblait suspendue, sous le joug d'un esprit malin, parvenu à pénétrer le secret du Temps, pour figer à tout jamais le sang des vivants. Et, troublé par cette idée, je remuais plus nerveux dans mon lit. Comment imaginer que je respirais dans une ville habitée ?

La Guerre du Golfe avait enfin débuté. On pouvait suivre les bombardements à la télévision, pour la première fois en direct. Sur nos écrans, la nuit, des experts se penchaient devant des cartes, pour expliquer la stratégie des armées coalisées. Les chaînes d'information en continu n'existaient pas encore, et les réseaux sociaux encore moins. Nous observions la fin d'un monde figé, celui de la Guerre froide. Les Américains dirigeaient toutes les opérations. Ils avaient baptisé Tempête du Désert, *leur nouvelle croisade.*

Dans le silence de la nuit, je dévorais un livre. L'homme à cheval, *le roman le plus achevé de* Drieu La Rochelle, *sur les pas de ce lieutenant de cavalerie, sautant sur les chevaux, maniant le sabre et la carabine, se roulant dans l'amour des soldats et des filles. Je pensais alors à nos propres troupes, engagées dans une mission de soutien, qui portait le curieux nom d'*Opération Daguet. *Le cousin d'Ambroise, officier de renseignement, était déployé dans le contingent. Sans fin, les médias nous répétaient qu'on entrait dans une ère nouvelle, grâce aux armes technologiques, enfin une époque de guerre propre, où les civils seraient épargnés.* « Soudain, *disait l'Homme à cheval,* la musique et la théologie étaient une seule figure qui marchait dans le monde ». *Drieu était-il mort ?*

A part les images de bombes sur les écrans, tout le monde se foutait du conflit. On préparait nos examens de fin d'année, comme tous les ans. De son côté, Ambroise était fatigué, car il scrutait la TV toutes les nuits. Je le croisais dans les couloirs. On échangeait quelques mots. Les siens trahissaient une résignation mal assumée. Pas très bavard, il affirmait sa solidarité avec le peuple iraquien, déplorant l'action lourde des Yankees. Je haussais les épaules, pour manifester mon impuissance. On discutait plus facilement des épreuves, et des sujets à réviser. Lui était fasciné par les chinoiseries de la procédure civile. A entendre ses questions, le flou de son appréhension ne faisait aucun doute. Moi, je pensais aussi à Bagdad, au fracas des bombes, à la terreur des habitants, et je me demandais pourquoi on s'inquiétait autant des examens.

Dorothée nous avait promis un sujet sur les voies de recours. Grégoire l'avait chambrée à la sortie de l'épreuve. On avait planché sur les moyens de défense. Devant les portes de la Faculté, chacun avait débité ses petites impressions. Puis la bande d'Yvoire s'était envolée, une fois de plus, vers les banquettes du Capitole. *Sur les TV, défilaient des images de guerre. On buvait des bières en blaguant, à peine honteux de ce qu'on regardait, tandis que les médias nous rassuraient sur le sort du peuple iraquien. C'était une guerre sans victime. Le monde occidental entamait son long suicide, mais nous ne le savions pas. Rien à cirer. Circulez ! Buvons à la santé des innocents ! Et l'on commandait d'autres bières.*

20
Journal de Basile

Il arriva au monde un jour de pluie
Pendant qu'sa mère épluchait des oignons
C'est pour cela que plus tard dans la vie
Dans toutes les grandes occasions
Désespéré de se voir aussi triste
Il alla voir un docteur en renom
Quand il apprit, par ce grand spécialiste,
Le jour de sa guérison
Il pleurait comme une Madeleine
Il pleurait, pleurait, pleurait
Il pleurait comme une fontaine
Toutes les larmes de son corps y passaient
Oh la la la la, quel cafard !
Oh la la la la, quel cafard !

Maurice Chevalier
(Il pleurait)

21
Les pouvoirs du président

- Premier constat : nous sommes en présence d'un couteau de gaucher. Mais ce n'est que la moitié du constat. Si l'on examine le rapport d'autopsie, on comprend, selon le chemin de la lame, sa trajectoire, son orientation dans les chairs, qu'il a été utilisé par une main gauche.

- Un instant, mon père, s'offusqua soudain le président qui sentait bien que les choses allaient lui échapper. Dans un procès d'Assises, nul ne peut affirmer quelque chose sans le prouver. D'où tenez-vous vos observations ?

- D'un rapport d'expertise du Pr Phisbène.

L'effet d'ensemble devint terrible au-delà de toute expression d'une beauté panique surprenante. Le procureur général, ses yeux exorbités, semblait se livrer à la divagante passion d'un dément. Sans le paroxysme très particulier d'un certain accent qui dut étonner jusqu'aux plus fieffé démon, la voix du père Brun n'aurait pas frappé comme le poing d'un champion de MMA, avec exactitude et ponctualité. Cet accent-là faisait ressembler chaque phrase à un lion magnifique courant avec ses pattes agiles et silencieuses à la rencontre de sa proie. Un accent si démesuré, dans la tiédeur moite d'une salle emplie de rodomonts à hures béées, qu'à tendre l'oreille, on pouvait entendre battre chaque artère du procureur général et grelotter son âme jusqu'au tremblement, et même jusqu'à la dislocation. Dans un coin de la salle, une ombre de sourire essuyait le visage de la femme en noir.

 Le Pr Phisbène avait été lancé en prison par Amanda, lors de l'affaire *Sang pour Sang*, et depuis ce temps, il ne recevait aucune visite, à part celle d'un moine en bure de franciscain, avec une barbe de philosophe grec antique. Avec le temps, il avait changé sa conduite dans le tourbillon de l'existence, préférant la douceur des sources aux torrents du péché. Avec une application monacale, il s'était jeté dans l'examen des pièces, obtenues par la défense d'Amanda. Spécialiste des tissus sanguins, il avait rapidement observé que la découpe des chairs de la pauvre Mélanie signait l'œuvre d'une main gauche, alors qu'Amanda était droitière.

 - Monsieur le président, je vous demande de rejeter ce rapport d'expertise, qui n'apparaît pas dans les pièces du dossier !

 C'était l'avocat général qui tentait, par une manœuvre désespérée, de verser un peu d'oxygène à ses poumons atrophiés.

 - Permettez-moi, Monsieur le Président, de vous rappeler les termes de *l'article 310 du Code de Procédure pénale*.

Le père Brun se tenait droit, tendu vers le ciel, comme les colonnes du temple du Jérusalem. A son front, signe incontestable d'intelligence, on mesurait la lumière de l'inconscience prophétique, cette troublante capacité de proférer par-dessus les hommes et les temps, des paroles inouïes, dont il ignorait parfois lui-même la portée. C'est, nous dit Léon Bloy, la mystérieuse estampille de l'Esprit-Saint sur des fronts sacrés ou profanes.

- Le président est investi d'un pouvoir discrétionnaire en vertu duquel il peut, en son honneur, en sa conscience, prendre toutes mesures qu'il croit utiles pour découvrir la vérité.

Sa voix de bronze résonnait sous les voûtes comme une cloche sublime annonçant la victoire.

- Il peut au cours des débats se faire apporter toutes nouvelles pièces qui lui paraissent, d'après les développements donnés à l'audience, utiles à la manifestation de la vérité.

Dans les yeux de la femme en noir, brillait une lueur d'outre-tombe.

22
Journal de Basile

Les soirées guindées de fils à papa nous déprimaient infiniment. Il fallait porter un costume ou un blazer. A l'entrée, les parents faisaient un filtrage, pour pointer les cartons. Si le nom était à rallonge, on avait droit à long un sourire entendu. Quelques péteux se pliaient gauchement pour tenter un baisemain. Pas d'alcool au buffet, pas de petits fours, mais des jus de fruits et des gros pains de mie tartinés. Grégoire sortait sa flasque de whisky, pour la siffler ostensiblement sous le nez des chaperons. Les filles exhumaient de jolies robes de soie, comme dans les livres de nos parents. Bizarrement, elles se montraient désirables, moulées comme des sirènes, agitant leurs globes sympathiques sous le nez des garçons.

Ambroise nous avait généreusement conviés à une grande fête, donnée pour les vingt ans de sa cousine Maud, fille d'un riche industriel, qui avait décidé d'en mettre plein la vue à tous les nobliaux de la contrée. On était reçu dans un château ancien, comme les princes d'un conte anachronique, pour danser toute la nuit entre les murs d'une immense bâtisse en tuffeau, dont les façades, illuminées par des bougies frémissantes, projetaient des ombres mystérieuses. Dehors, sur les terrasses antiques, on dominait orgueilleusement les hauteurs du Val de Loire, un verre de champagne à la main. Tout le monde était là, réjoui de briller dans le regard des autres. La fille du préfet, la fille du directeur de la Banque de France, la fille du trésorier payeur général, les enfants du maire, je crois même qu'il y avait la fille d'un ministre. Mais parmi toutes ces filles aux robes éclatantes, Yvoire seule scintillait pour mes yeux. A l'entrée des salons, flanqué d'une perruque Louis XV, un aboyeur en livrée annonçait les invités. Jamais on n'avait étalé autant de noms et de titres si ronflants. Noblesse d'épée, de robe, de cloche, d'Empire, même pontificale, tout y était passé. A croire que le Bottin avait libéré ses enfants cachés. Soudain, un frisson avait parcouru toute l'assemblée, quand on entendit clamer « Monsieur le comte de Monte-Cristo ». *C'était Grégoire qui faisait son entrée.*

La nuit avait filé comme une étoile. Nous avions dansé, bu, ri. J'ai gardé le souvenir d'une fête exceptionnelle. Moment suspendu, temps d'un soupir, rêve soustrait aux fléaux de la vie. Nous nous savions si légers, impatients de nous-mêmes, affranchis des autres. Nos vies tourbillonnaient, telles les notes baroques d'une sarabande. Même nos visages étaient transfigurés, illuminés, hors du temps. Vers minuit, le ciel s'était embrasé sous les salves bariolées d'un feu d'artifice. Je rêvais, les yeux ouverts, à la Cour des Valois, à toutes les fêtes somptueuses de la Renaissance, aux mises en scène de Léonard, qui avaient ensoleillé tout le Val de Loire, tandis que de l'autre côté du monde, le ciel de Bagdad rougeoyait sous le feu des bombes. Et dans ma tête étourdie, les vers de Péguy tournaient en farandole :

> Et moi j'en connais un dans les châteaux de Loire
> Qui s'élève plus haut que le château de Blois
> Plus haut que la terrasse où les derniers Valois
> Contemplaient le soleil se coucher dans sa gloire

23
Journal de Basile

Maurice, t'es un roi ! On ne s'appelle pas Chevalier *par hasard. Un roi si français. Parfois grave, jamais sérieux, toujours léger. La fougue de François Ier, la verve d'Henri IV, l'élégance de Louis XIII, la puissance de Louis XIV, la distinction de Louis XV. Seigneur de la chanson. Sire de Paris, Duc de Ménilmontant, Prince de la scène, Maître des Oscars, Lord of Hollywood, Patron de la voix, Daron d'la gouaille, Doyen du succès, Capitaine de popularité. Champagne ! T'es un super champion Maurice. D'abord, il faut dire que tu es infatigable, un vrai travailleur. T'as 12 ans, la première fois que tu montes sur scène. Comme t'es fier, comme t'es beau, déguisé en paysan. Et quand le pianiste lance* V'là les croquants, *tu fonces. Toute la salle rit, rit, rit encore de bon cœur, et toi t'es content. Plus ils rient, plus tu t'époumones. Devant cette ovation, tu chantes encore plus fort, heureux de faire plaisir à ton public.*

Mais une fois en coulisse, trois chanteurs te disent pourquoi ils riaient comme des ânes. Avec ta petite voix de garçonnet, tu hululais trois tons au-dessus du pianiste, et tu jappais depuis le fond de ta gorge, en forçant ta voix. Déçu, tu rentres chez ta mère et ton frère qui, eux aussi, vont te chambrer, en te disant que tu seras meilleur la prochaine fois. Mais toi, tu restes blessé. Tu croyais si bien faire. Tu avais mis tout ton cœur dans cette chanson. Tu es comme ça, toi, Maurice. Tu as un grand cœur, et tu voudrais y faire tenir le monde entier. Mais le monde est trop petit pour remplir ce grand cœur.

Le croyez-vous ? Maurice est né en même temps que la Tour Eiffel. Il est comme ça Maurice, il ne laisse rien au hasard. Pourtant, à plusieurs reprises, il a failli sombrer. A trente-cinq ans, au sommet de la gloire, il craque. Trop. Il en fait trop. Surmenage. Hospitalisé. Idées noires. Maurice se procure un pistolet. Canon dans la bouche. Froid. Il commence à chatouiller la gâchette. Il joue. Il presse. Il appuie. Plus fort. Allons, Maurice, un peu de courage. Il essaie encore. Il appuie. Il butte. Il force. Il suffit d'un millimètre. Le coup va partir. Là dans sa bouche. Il aura le cerveau explosé. De la bouillie. Du sang partout. Il sue. Combien de fois va-t-il essayer ? Il n'ose pas appuyer plus fort. Pourquoi ? Non, il n'y arrive pas. Incapable. A bout de forces, il jette le pistolet de l'autre côté de la pièce, et il s'écroule sur le lit.

24
Le bâton de parole

Que pouvait refuser le président après une telle démonstration d'aisance par le père Brun ? Le rapport du Pr Phisbène fut versé au débat. C'était le coin enfoncé entre les faits relatés par les enquêteurs et les opinions du Jury émises à leur propos. On le sait, la rhétorique est née dans les prétoires. Et à ce jeu, le père Brun était un redoutable adversaire. Il savait manier chaque art d'attaque et de parade, y compris dans le genre démonstratif ; lequel, d'après Cicéron, va de pair avec un style doux, souple et fluide, aux pensées brillantes, avec des tournures harmonieuses. Celui des sophistes, moins adaptés à la lutte qu'à l'apparat, destiné au gymnase et à la palestre, méprisé et rejeté par le forum. Toutefois, poursuit Tullius, comme l'éloquence s'en nourrit avant de prendre elle-même forces et couleurs, il n'est pas déplacé d'en parler comme d'un berceau pour l'orateur, pour mieux affronter le champ de bataille et la mêlée des combats.

- Vous pourrez prendre connaissance des deux autres constats, pendant la lecture du rapport produit par le Pr Phisbène. Premier constat, l'arme est menée par une main gauche. Deuxième constat et troisième : le sang sur les vêtements de l'accusée.

Dans la tradition des Indiens d'Amérique, on utilise un bâton de parole pour discuter dans les conseils entre sages. Ce bâton est transmis de main en main. Seul celui qui tient cet objet a le droit de parler devant les autres. Ce bâton est souvent orné de plumes d'aigle, d'une fourrure de lapin, d'une pierre bleue, d'un coquillage irisé, de pierres aux quatre couleurs et de poils de grand bison. Parce que dans la logique ancienne de leurs peuples, on ne prend pas la parole devant les autres sans le courage et la sagesse de la plume d'aigle, sans la douceur et la chaleur de la fourrure de lapin, sans être en lien avec le Grand Esprit, par la pierre bleue, ni sans prendre conscience de l'impermanence du monde avec le coquillage irisé, ni sans vouloir se relier à toutes les forces de l'univers, avec les pierres aux quatre couleurs des éléments qui sont les points cardinaux, ni sans parler avec pouvoir et force grâce aux poils du grand bison.

- Deuxième constat : les traces de sang sur le vêtement d'Amanda, ne correspondent pas à des giclements ou à des éclaboussures, mais plutôt à des *essuyures*, si je puis m'exprimer ainsi, c'est-à-dire à des traces d'essuyage. Le Pr Phisbène est formel.

Était-ce un vent d'euphorie qui peignait les visages ? Au sein de la salle égrillarde, ainsi que les corolles capiteuses d'un jardin d'hilarité, les têtes remuaient, sous les oscillations méphistophéliques des fragrances de jubilation et d'allégresse.

- Il est impossible que l'opération criminelle ait provoqué de telles traces. Selon le chemin de la lame, on aurait dû obtenir des traces de giclures sur les vêtements du coupable. Ce qui tend à démontrer que les vêtements d'Amanda Lemercier ne sont pas ceux du coupable. Enfin, dernier constat, la couleur du sang. Un sang frais qui gicle sur des vêtements garde une couleur rouge vif. Mais un sang exposé à l'air frais change sa couleur en séchant. Or, le sang prélevé sur les vêtements d'Amanda était déjà brun, ce qui signifie qu'il a séché avant d'être essuyé sur elle.

Le cerveau du procureur général ressemblait au palais d'un roi persan qu'une flétrissante cohue de crocodiles et d'hippopotames aurait saccagé. La fin des siècles semblait s'abattre sur les ruines des temps. Il restait là, seul, debout, son cerveau comme frappé par des chiffres cabalistiques, des équations laconiques, une sourde angoisse d'infini, tandis que les étoiles s'enfonçaient avec désespoir, comme des trombes, dans l'éternité d'une nuit horrible. Alors, son âme grimaçante songeait à faire ses comptes avec le Jugement dernier, sous le regard désemparé de l'avocat d'Amanda, ivre de dépit.

- Pour toutes ces raisons, Mesdames du Jury, Messieurs du Jury, vous ne pourrez pas condamner Amanda Lemercier pour le meurtre de Mélanie.

25
Journal de Basile

Un soir, j'étais resté seul en sa compagnie, un livre de Scott-Fitzgerald en main. Elle affirmait que chacun de nous peut vivre plusieurs fois. Je me souviens de sa voix qui montait dans l'air du soir. Yvoire expliquait que nous menions de nombreuses vies parallèles, que la plus visible de nos existences n'était pas la plus intense. Je les admirais, elle et ses palabres, dignes d'une déesse orientale qui aurait dessiné ses paroles par des gestes fins et déliés. Une Apsara, *thème discret d'une musique imperceptible, seulement accessible à nos sens, jeu mystérieux, incessant et trouble, de ces arabesques ensorcelées par les secrets de la chironomie.*

Elle m'avait murmuré que chacun de nous possède au moins une seconde vie, comme une autre forme de sa propre existence, une ombre invisible, connue de soi seul, qui s'invite à nos côtés, sous le masque d'un compagnon virtuel, avant d'épouser le visage inexploré de la folie, déployé entre notre double et son propre reflet. Aucun esprit n'échappe au désir de s'envoler pour jaillir au-dessus de sa condition. Sa voix fusait dans la nuit limpide. Là-haut, tout là-haut, dans la voûte céleste, si loin au-dessus de nos têtes, des bouquets d'étoiles éteintes diffusaient encore leurs clartés brûlantes. A cause de la distance inhumaine qui séparait nos âmes de cet espace étiré, leurs faisceaux continuaient de s'imprimer au creux de nous, alors que (telles ces imagos *moulées par les Latins sur les visages des morts) elles avaient cessé de briller pour l'éternité.*

26
Le contraignant

Le lieu de l'inconséquence, souvent appelé en rhétorique le lieu du contraire, décèle entre l'acte et l'interprétation qui en est donnée un antagonisme qu'on présente comme radical. Il s'agit d'enfoncer un coin entre les faits relatés et les opinions émises à leurs propos. Oui, Amanda était couverte du sang de la victime, avec le couteau à ses côtés. Mais ce couteau était celui d'un gaucher, ainsi que le mode opératoire. Or Amanda était droitière. En outre, le sang avait été essuyé sur elle, une fois qu'il avait commencé à sécher. Le père Brun avait jeté un tel discrédit sur la thèse de l'accusation (qui fit couler un certain fiel dans le système sanguin de l'avocat prévu pour la défense), faisant apparaître des fortes incohérences dans l'ordre de présentation des faits et des idées, que l'acquittement d'Amanda ne faisait plus aucun doute.

Un des lieux les plus féconds reste, dans le domaine si complexe du combat dialectique, celui de la contradiction interne. Sa découverte ne peut procéder que d'une analyse minutieuse, de bout en bout du discours adverse et de son système entier d'argumentation. Cet art du combat, le père Brun l'avait appris chez les commandos de Marine, mais aussi dans la fréquentation des plus grands maîtres, comme Saint Augustin et Saint Thomas, qui ont su élever la réfutation au rang d'œuvre d'art. Le coup le plus décisif est celui que l'on porte en tournant à son profit l'argument même de l'adversaire, comme dans les arts martiaux. On l'appelle le *contraignant*.

La circonvolution de la face médiale du pôle occipital de l'encéphale, en forme de coin, limité en haut par le sillon pariéto-occipital, et en bas par le sillon calcarin, porte le joli nom de *cuneus*. Ce petit bout de cerveau reste impliqué dans le contrôle des changements d'attention volontaires, des tâches de récupération épisodiques, mais aussi dans la liaison de l'identité personnelle aux expériences passées. Il porte le nom de coin, en raison de sa forme, bien sûr, et parce qu'il est un coin enfoncé comme un dard dans la fonction qui pilote nos comportements. *Cuneus*, ce mot nous réserve bien des surprises. Du radical indo-européen commun $\hat{k}\bar{u}$ (coin, dard) qui donne aussi *culex* (moustique), extension du radical $a\hat{k}$ qui donne *catus* (aigu) et *acutus* (aiguisé), *cos*, *cotis* (caillou, rocher) *cautes* (écueil) κῶνος, *kônos* en grec, puis *conus* en latin (cône).

C'était aussi une formation en éperon dans les armées romaines. Une tactique qui permettait souvent aux Légionnaires de percer la ligne adverse et de pénétrer sa formation. Ce qui s'avérait le plus souvent fatal si l'ennemi n'avait pas de réserve. Le *cuneus* répartissait les cohortes en un demi-cercle convexe avec, en son centre, une pointe triangulaire constituée d'un groupe d'élite. De cette manière, la Légion concentrait son effort sur un point précis, si possible au *medius* de la ligne frontale ennemie. Selon Tite-Live, cette manœuvre fut adroitement utilisée par Caton l'Ancien, en 195 av. JC., pendant la bataille d'*Emporiae* en Hispanie, gagnée contre les Celtibères.

Ce fut la tactique utilisée par le père Brun pour confondre les accusateurs d'Amanda. A lui seul, il avait éperonné l'argumentation du parquet et des enquêteurs. Il avait agi seul, pour le plus grand désarroi de l'avocat d'Amanda, en vue d'obtenir un maximum d'efficacité. Comment lui reprocher sa volonté de réussir ? C'était une vision de tristesse presque infinie que celle de cet avocat, ce glorieux esprit du barreau, passablement fait pour s'assimiler la lumière des prétoires, entravé au début de son envol, scellé, ruiné, cadenassé dans une idée fixe, incendiaire, déceptive, s'efforçant, avec la logique bizarre des aliénés, obéissant aux ressources d'une science inconnue de construire une hélice mentale et ascendante pour fuir des moiteurs implacables vers des antipodes impossibles. Si l'on appliquait au procès d'Amanda, la célèbre définition de Cicéron sur la métaphore, qui sera perpétuée par Quintilien : *une abréviation de la comparaison en un mot unique*, ce mot serait, bien évidemment, celui de *cuneus*.

27
Journal de Basile

Ambroise répétait que l'amour est comme une bénédiction, une grâce, un don réservé à une poignée d'élus, et qu'aux autres, à la grande foule des masses, il ne restait que le sexe, la luxure ou la débauche.

Jouir de la foule est un art, dit Baudelaire. Il n'est pas donné à tout le monde de prendre un bain de multitude.

28
Journal de Basile

Pour les amants c'est tous les jours dimanche
Quand le printemps se répand dans Paris
Les marronniers ont leur parure blanche ;
Du ciel, il pleut des cris
D'oiseaux sur les toits gris,

Et l'or léger qui descend des nuages
Fais scintiller la chambre où je t'attends.
Tout n'est qu'un cadre offert à ton image ;
Sans ton amour,
Il n'est plus de printemps.

Maurice Chevalier
(Pour les amants c'est tous les jours dimanche)

29
L'aveu

Le Jury s'était retiré pour délibérer, en début de soirée. Dans la salle des Pas perdus, des pampres de badauds mélangées aux grappes de journalistes faisaient les cent pas en babillant. Tour à tour, les visages se montraient perplexes, railleurs, pensifs. Nul ne peut savoir ce qui traversait les esprits, dans cette Babel de fouille-au-pot, habitacle des hyènes, bercail des loups, cet amas de médiocres, ce brelan de tatillons. C'était bien, selon le mot de Léon Bloy, toute la descendance du Désobéissant qui venait là tendre ses crocs, se préparer à bondir au moment de la curée. Entre les murs, cette multitude grondait, foisonnait, grimpait sur les marches, grouillait sous les lambris masquant les arceaux des colonnades.

Dans un coin, une femme en noir, au lourd chignon de gitane, dardait des yeux sombres vers le moine, quand une autre femme, s'était approchée du père Brun, pas plus haute qu'une adolescente avec une taille étroite et un buste mince. Elle n'était pas de nature grâcieuse, mais se déplaçait avec douceur et précaution, donnant à ses gestes une impression de langueur permanente. Ce qui, pour la plupart des gens, pouvait passer pour une forme d'élégance. Fin et triangulaire, son visage était blême, aussi blanc que des lys cultivés en serre. Ses yeux brillaient de bleu et de gris, au milieu de toute cette peau livide. Sa physionomie trahissait une grande fatigue, pas tant physique que nerveuse. Quant à sa voix, elle ne faisait que renforcer l'impression de l'ensemble.

- Je voudrais vous dire un mot.
- Certainement.

Habitué au ton des confessions, le père Brun avait compris que la chose était importante. Devant les yeux implorants de cette petite femme, il devina qu'elle avait besoin de calme pour se livrer.

- Venez par ici !

En deux minutes, il trouvèrent asile dans une salle d'audience correctionnelle, vide et sans bruit.

- Je suis la mère d'Amanda.

Surpris, le moine savait qu'il devait garder le silence pour laisser couler le flot des confidences.

- Je dois vous faire un aveu.

Le franciscain hocha la tête pour lui signifier qu'elle pouvait parler en toute confiance.

- Vous révéler un secret qui concerne notre fille. Un secret difficile à partager.

Puis, après un lourd silence plein de remords et d'hésitations.

- Un secret qu'elle ignore.
- Parlez sans crainte !
- Nous ne sommes pas ses parents naturels. Elle est née ici, dans le Berry. Sa mère est morte en

couches. Elle s'était cachée de sa famille, laquelle ne voulait pas de sa grossesse. La pauvre mère, sur le point d'accoucher avait trouvé refuge sous le toit de ma sœur, sa meilleure amie. Quand ma sœur s'est retrouvée seule avec ce bébé orphelin, elle a pensé à nous. Mariés depuis 5 ans, nous ne pouvions pas avoir d'enfant. Aussitôt, nous avons accepté de la sauver de l'orphelinat. Mon mari est allé en mairie pour la déclarer comme notre propre fille. Personne n'a jamais rien su. Evidemment, quelques mauvais esprits, autour de nous, se sont posés des questions. Mais avec le temps, les langues se sont tues.

De marbre, le père Brun cherchait un moyen d'échapper au malaise qui furetait dans ses tripes.
- C'est un terrible secret !
- Nous n'avons jamais trouvé le courage de l'avouer à notre fille. C'est la lumière de notre vie, vous comprenez ? Je crois que nous avions peur de la voir partir.
- *La Vérité vous rendra libres...*
- S'il vous plait, ne lui dites rien ! Nous ne voudrions pas qu'elle l'apprenne par d'autres. Mais plus le temps passe et plus c'est difficile d'en parler.
- Mais pourquoi me le dire aujourd'hui ?
- Je ne sais pas. Je me pose des questions. Elle est venue dans le Berry pour les obsèques de ma sœur. Et se trouve mêlée à cette histoire étrange.

Soudain, une porte grinça, et une silhouette épaisse apparut. C'était la femme en noir. Sa lourde masse corporelle était enveloppée dans une cape de velours noir, close par une chaine d'argent. Son port de tête était celui d'une reine, mais d'un royaume infernal. A son gros chignon, il manquait des cornes de bouc retroussées, pour compléter l'image d'une gardienne des Ténèbres. Sans dire un mot, elle avait planté ses yeux dans ceux du moine en guise de défi. Une lueur de fauve brillait dans ses pupilles. Puis, elle était ressortie en silence, sans même un regard pour la petite femme, laissant dans son sillage une impression de souffre et de nausée.

30
Journal de Basile

Et puis il y avait ces journées où je n'avais envie de rien. Pas même de manger. Simplement d'être. D'être là. Vivant. Jeté au monde. Respirer, penser, rêver. De me tenir immobile, dans les rêves d'un Des Esseintes *ou ceux d'un* Oblomov, *entre méditation et béatitude. Rien. Ne rien faire. Laisser divaguer mon esprit, là-bas, dans les royaumes de l'invisible. Appartenir à ce monde si méconnu des autres, qui me séparait de la matérialité. Sans mot, sans geste. Laisser éclore la partie spirituelle de mon être. Me tenir debout, au seuil de moi-même, pour un voyage au-delà des frontières du temps. Et surtout, désobéir aux lois de la chute. M'affranchir de son poids. Repousser la gravité. Renoncer à l'attraction terrestre. Mépriser les limites de ma condition. Devenir l'artisan d'un voyage initiatique et intime. Descendre dans les souterrains de mon* narkê, *pour venir ausculter les ombres du sommeil primordial.*

Et soudain me lever. Sortir. Jaillir. Surgir. Marcher. Marcher à n'en plus finir, sans but, dans les avenues, dans les rues, sur les places, le long des arbres, des fleuves et des rivières. Sentir l'air frais sur mon visage. Savoir que je reste vivant, cavaler, flâner, baguenauder, me promener nonchalamment sur les boulevards, nez au vent, sur les pas de Baudelaire, pour élire domicile dans le nombre, dans l'ondoyant, dans le mouvement, sans posséder la vigilante montre de Breguet, seyant à Eugène Onéguine, mais en savourant cette joie sauvage qui inonde le cœur et fouette les sangs comme un froid d'hiver sec et venteux. Et murmurer à part soi, ces petits mots de feu qui crépitent comme bouquets d'étincelles dans la pensée de Cyrano :

Rêver, rire, passer, être seul, être libre.

31
Journal de Basile

J'suis p't'êtr' pas connu dans la noblesse
Ni chez les snobards.
Quand on veut m'trouver faut qu'on s'adresse
Dans tous les p'tits bars…
On lit mon nom sur tout's les glaces
Et sur les ardoises des bistrots
L'tabac do coin c'est mon palace
Où le soir je r'trouv' les poteaux.

Ma pomme,
C'est moi…
J'suis plus heureux qu'un roi
Je n'me fais jamais d'mousse
Sans s'cousse,
J'me pousse.
Les hommes
Je l'crois,
S'font do souci, pourquoi ?

Car pour être heureux comme
Ma pomme,
Ma pomme,

*Il suffit en somme
D'être aussi peinard que moi.*

*Maurice Chevalier
(Ma pomme)*

32
Une surprise

De retour dans la salle des Pas perdus, une surprise attendait le père Brun. Sous les caissons de lambris, comme des derviches privés d'équilibre, les badauds concaves continuaient de se percuter, dans la ronde endiablée d'une confuse analogie de pensées panurgiques. Comme une ode au dieu Pan, perplexes, railleuses, pensives, pampres et grappes babillaient à tour de bras. L'amas de médiocres, le brelan de tatillons se figeait peu à peu en tessellation d'imbéciles. Lorsque soudain, bondissant de cette furieuse multitude, comme projeté d'une caravane d'éléphants écrasés, une ombre avait surgi parmi ces spectres d'humanité décervelée, à l'anatomie ogresque, trapue, mafflue, tel un sanglier fendant la meute des chiens hurleurs, pour se planter devant la bure du franciscain.

- Gargarin ! Mais que faites-vous ici ?

C'était le libraire de Donville-sur-mer, l'ami des amis. Comme Dante, il semblait tout droit sorti de l'Enfer par une voie étroite et ardue, après un corps à corps angoissant avec Lucifer, dont Virgile l'en aurait sauvé.

- Je ne voulais pas laisser Amanda sans ses amis !

Cheveux ébouriffés, il portait ses vêtements comme s'il venait de subir une crise d'épilepsie.

- Mais la librairie ?

Une pensée d'orgueil avait dessiné sur ses lèvres un sourire de triomphe.

- Melle Martin a bien voulu me remplacer pour quelques jours.

Un air frais traversait la salle, comme venu du Cocyte, ce lac souterrain constamment gelé à cause du vent froid produit par le battement continu des six ailes de Lucifer.

- Formidable ! Elle sera contente de vous voir ici !

- J'ai entendu votre intervention. Bravo ! Si elle n'est pas acquittée après ça, je ne comprends rien à la Justice des hommes !

- Ne le dites pas trop fort ! Son avocat rôde dans les parages. Il fulmine contre moi !

- Ah, ah, ah !

Brusquement, une rumeur avait parcouru la salle, se répandant de bouche en bouche. Quelques journalistes détenaient une information capitale qui pouvait changer le cours des choses et dont chacun cherchait à s'emparer. Leur stupeur avait dépassé toute attente. Tous espéraient la condamnation de la jeune policière, comme l'obsession d'un prestige de l'Esprit déchu. Tous étaient restés pour connaître le verdict, quand survint cette affreuse nouvelle, sortie des entrailles sonores d'un monstre. Tous avaient attendu pour savoir. Tous étaient subsistés, sous les lambris de l'ancien couvent des Ursulines, comme des choucas branlant et virevoltant à l'ombre de la vieille cathédrale délaissée qu'on apercevait dans le lointain pâle ; pacifique, mais non pas muette, et que des artistes au cœur ineffable mirent des siècles à bâtir, en chantant d'amoureux cantiques. Tous, sauf la dame en noir qui avait disparu.

33
Journal de Basile

Le libertin est à la débouche ce que le dévot est à la religion. Il possédait le cœur de bronze d'un acheteur de biens nationaux. Grégoire dévorait la vie, surtout celle des autres. Rien ne pouvait tenir face à ses désirs. Il gambadait sans but précis dans l'intimité des femmes, comme les chèvres dans les verts pâturages des Psaumes. Avec insolence, il pratiquait la religion de Saint-Evremond, mais ses vices à lui n'étaient pas délicats. Ambroise avait fait mouche : « Sa vie n'est que parade ». Oui, c'était ça, parade de paon ; parade d'escrime.

A-t-on jamais eu de conversation sérieuse avec lui ? Ce n'est sûrement pas le bon mot. Trop calviniste. Je préfère la jubilation catholique. Entre les mœurs et les passions, je choisis la profondeur. Toute sa vie n'était que théâtre d'ombres, lullisme narcissique, décor de carnaval. D'ailleurs, quel mot plus juste pour définir la fureur de son avidité ? Carne levare *: lever la viande. En chaque occasion, il affichait une âpre suffisance, avec son sourire aux accents méphitiques ; un parfum sulfureux, comme* *ces maisons de négriers du XVIII ^{ème} siècle, aux balcons de fer renflés, soutenus de cariatides, aux fenêtres surmontées de mascarons grimaçants qui apparaissaient dans les débuts des* Nuits chaudes du Cap Français.

Maurice avait appris l'amour dans les bras d'une déesse, avec les reines de Paris. Tout le monde aimait le p'tit gars de Ménilmontant. Ah ? Tout le monde ? Vraiment ? Non, des affreux jojos, des jaloux, des salopards lui voulaient du mal. Au début de la guerre, il ne voulait plus chanter, pour respecter la souffrance de ses compatriotes. On lui reprochait (surtout la presse) de rester dans le Sud de la France, avec ses Juifs. *A cette époque, il vivait avec Nita Raya, danseuse, chanteuse, meneuse de revue aux* Folies-Bergère, *actrice française mais d'origine roumaine et juive. Maurice a vraiment tout fait pour la protéger, ainsi que sa famille. Et puis, en 1941, de guerre lasse, il rentre à Paris, se décide à chanter sur* Radio Paris, *le temple de la propagande nazie. Il acceptera aussi de se produire une fois en Allemagne, seulement pour des français, dans l'ancien camp où il avait été prisonnier, sans être payé, sans publicité. Mais la presse collabo s'est empressée d'écrire :* « Le populaire Maurice Chevalier qui va chanter en France occupée nous dit qu'il souhaite la collaboration entre les peuples français et allemands ».

Tu sais bien, Maurice, que la vérité prend l'escalier, tandis que le mensonge s'engouffre dans l'ascenseur. Mais toi, tu ne fais pas de politique. Tu chantes l'amour et tu célèbres la vie. Comme tous les patriotes, tu écoutes Radio Londres, *où tu aimes retrouver Pierre Dac qui t'amuse beaucoup, parce qu'il fustige les collaborateurs notoires et le régime nazi. Mais un soir de février 1944, le chansonnier prononce ces paroles terribles :* « Vous êtes repérés, catalogués, étiquetés. Quoi que vous fassiez, on finira par vous retrouver. Vous serez verdâtres, la sueur coulera sur votre front et dans votre dos ; on vous emmènera et, quelques jours plus tard, vous ne serez plus qu'un tout petit tas d'immondices ». *Tu sursautes, Maurice, et manques de tomber de ton fauteuil. Tu as entendu ? Pierre Dac a jeté une liste en pâture. Une liste de* mauvais Français, *une liste de collabos. Et ton nom, Maurice, oui, le tien figure sur cette liste noire. Bientôt, un tribunal à Alger te condamne à mort. Puis, des résistants imbéciles (il y a des idiots partout), à la Libération, sont à deux doigts de te passer par les armes.*

Toi, tu ne voyais pas le mal, Maurice. Mais d'autres le voyaient pour toi. A la fin de la guerre, tu t'en es bien expliqué : « De quoi m'accuse-t-on, en résumé ? De choses que les vrais Français ne retiennent pas. Que je croyais à Pétain au début de son règne. Qui n'y croyait pas ? je vous le demande, chez nous, et ailleurs, puisque des ambassadeurs d'Amérique, de Russie, et de partout, le voyaient intimement, chaque jour, à Vichy. Que j'ai chanté onze fois à *Radio Paris*, en quatre ans. Alors qu'on insistait pour que je chante hebdomadairement. Que serait-il arrivé si j'avais refusé catégoriquement ? Vous le savez aussi bien que moi : une visite un matin, de très bonne heure. Moi et ma petite famille envoyés Dieu sait où ». *Après la Libération, tu seras totalement lavé de ces accusations infectes. Et tu seras acclamé par le peuple de France ; partout tu chanteras* Fleur de Paris *!*

34
Max Jacob

- Je vous dois une fière chandelle !

Le visage d'Amanda, encore pâle, aux traits tirés de fatigue, rayonnait de soulagement.

- J'étais si heureuse de parler avec Lisa au téléphone. Heureusement que mes parents peuvent s'occuper d'elle !

Gargarin avait invité ses deux amis dans une auberge, au cœur de la Sologne, près des rives de la Sange, pour fêter l'acquittement d'Amanda.

Le matin, ils étaient venus par Saint-Benoit-sur-Loire, en action de grâce. Après avoir célébré la messe, avec les moines, dans l'abbatiale millénaire, le père Brun était descendu à la crypte romane, près de la chasse en bronze, pour se recueillir devant les reliques du Saint patron de l'Europe. Le moine avait glorifié Saint Benoît, qu'il invoquait souvent, pour lui demander de réparer des situations, comme il avait fait par compassion avec sa nourrice. Si l'on en croit Saint-Grégoire-le-Grand, dans le deuxième Livre de ses *Dialogues,* la pauvre femme avait brisé un crible, emprunté à des voisins, pour purifier le grain : *« C'est alors que Benoît, enfant religieux et dévoué, voyant sa nourrice en larmes, fut ému de compassion : il emporta les morceaux du crible et se mit à prier en pleurant. Sa prière achevée, il se releva et découvrit à ses côtés le vase en bon état au point qu'on ne pouvait y voir aucune trace de l'accident. Alors, aussitôt, il consola sa nourrice avec tendresse et lui remit en bon état le crible qu'il avait emporté en morceaux ».*

Gargarin souhaitait montrer à ses amis la maison de Max Jacob, où vécut le merveilleux poète juif et breton, de 1939 à 1944 : une grande bâtisse bourgeoise dans le faux style Louis XIII si répandu au XIXème siècle. Après avoir longtemps couru les cafés, les artistes en vogue, dans le Paris des années folles, le poète s'était exilé en 1921, à Saint-Benoît-sur-Loire, sur les conseils d'un ami prêtre. D'abord hébergé au presbytère de l'abbé Fleureau, il ira se loger dans la maison de brique rouge pendant la guerre. Il mène une vie exemplaire, se lie aux gens du village, écrit beaucoup, nourrit en plus une vaste correspondance. De très bon matin, il rédige de nombreuses méditations religieuses, qui attestent de sa Foi fulgurante. Monsieur Max aime bien faire visiter l'abbatiale aux pèlerins de passage. Depuis que le poète a vu l'image du Christ sur le mur de sa chambre, il a changé de vie, malgré les amitiés qu'il entretient avec Cocteau, Radiguet, Eluard, Léger, Vlaminck, Dorgelès, Mac Orlan et d'autres. Le jour de son baptême, son parrain lui a offert une édition

de *L'Imitation de Jésus-Christ*, sur laquelle on peut lire ces quelques mots tracés à la main :
*A mon frère, Cyprien Max Jacob,
souvenir de son baptême,
jeudi 18 février 1915,
Pablo Picasso.*

Mais le 24 février 1944, il est arrêté par la Gestapo, en tant que Juif, malgré son baptême et son adhésion à la Foi catholique. Tout se déroule en une heure. Peu de témoins sont présents. Les proches sont rapidement chamboulés. Le chanoine Fleureau contacte d'autres amis. Un gendarme prévient par une lettre anonyme le peintre Jean Boullet. Tout son petit monde est en émoi. Emprisonné à Orléans, il s'évertue à s'occuper des malades et à divertir ses compagnons d'infortune. Il réussit à envoyer des messages à des amis, qui se mobilisent pour le faire libérer. Cocteau contacte Guitry. En vain. Transféré à Drancy, il meurt d'une pneumonie, le 5 mars 1944, deux jours avant sa déportation prévue pour Auschwitz.

Le père Brun examinait la Tour-porche, la contemplant comme un objet distant de deux lieues. Il semblait décrypter tous les mystères de ce grand livre de pierre. Ses lèvres balbutièrent. Sa voix puisa sourdement dans les écrits de Léon Bloy, au point de devenir un doux murmure indistinct :
- *Mais ceux qui savent l'Absolu,* susurrait le franciscain, *n'ont qu'à lire un mot de ces Ecritures*

scellées pour concentrer instantanément toutes les ambiances des mondes. Tout ce qui peut être conçu leur apparaît alors intégrant de la Permanence.

Amanda considéra le moine un instant, son visage de philosophe grec antique. Elle l'entendit proférer des paroles énigmatiques :
- *Après Saint-Benoît-sur-Loire*, murmura-t-il comme un écho lointain aux paroles d'une rêverie poétique, *les événements se précipiteraient et le dénouement ne tarderait pas.*
- A quoi pensez-vous ?
- A *Sire*, de Jean Raspail.

35
Journal de Basile

Ambroise était chrétien. J'admirais sa Foi, simple mélange de raison, d'élan intérieur. Quand on lui demandait s'il était catholique, souvent il donnait cette réponse, à la fois drôle et profonde :
- Catholique, oui. Chrétien, je l'espère.

Pour ma part, je me tenais prudemment au fond de l'édifice, en compagnie du publicain. Est-ce que je croyais en Dieu ? Oui, bien sûr. Mais je reculais devant la pensée dogmatique. Et Ambroise, préférait en rire. « Le dogme dans la Foi, *disait-il,* c'est comme l'axiome en mathématiques ». *Quand on venait l'asticoter sur le sujet de ses croyances, il aimait se débattre comme un beau diable.*

Si l'adversaire venait à se cabrer, à brandir l'argument de la vérité scientifique, il rétorquait :
- Depuis le Big Bang, et le second principe de la thermodynamique, tout le monde sait bien que l'univers est limité, qu'il est né, qu'il va mourir, et qu'il ne peut exister par lui-même. Alors qui donc l'a créé ?

Et quand un esprit se croyait assez malin pour lui reprocher de croire à des choses invisibles, il lui jetait à la figure de la célèbre formule du Chanoine Kir :

- Et mon cul, tu ne le vois pas non plus ? Pourtant il existe bien. Je suis assis dessus !

36
Journal de Basile

Quand on a roulé sur la terre entière,
On meurt d'envie de retour dans le train
Le nez au carreau d'ouvrir la portière,
Et d'embrasser tout comme du bon pain.

Ce vieux clocher dans le soleil couchant
Ça sent si bon la France !
Ces grands blés mûrs emplis de fleurs des champs,
Ça sent si bon la France !
Ce jardinet où l'on voit « Chien méchant »
Ça sent si bon la France !
A chaque gare un murmure,
En passant vous saisit :
« Paris direct, en voiture »
Oh ça sent bon le pays !

On arrive enfin, fini le voyage.
Un vieux copain vient vous sauter au cou.
Il a l'air heureux, on l'est davantage,
Car en sortant tout vous en fiche un coup.

Le long des rues ces refrains de chez nous,
Ça sent si bon la France !
Sur un trottoir ce clochard aux yeux doux,

Ça sent si bon la France !
Ces gens qui passent en dehors des clous,
Ça sent si bon la France !
Les moineaux qui vous effleurent,
La gouaille des titis,
« Paris Midi,
Dernière heure. »
Oh ça sent bon le pays !

Et tout doucement la vie recommence,
On s'était promis de tout avaler.
Mais les rêves bleus, les projets immenses,
Pour quelques jours on les laisse filer.
Cette brunette aux yeux de paradis,
Oh ça sent si bon la France !
Le PMU qui ferme avant midi « Oh là, oh là là ! »
Ça sent si bon la France !
Le petit bar où l'on vous fait crédit.
Oh ça sent si bon la France !
C'est samedi faut plus s'en faire, repos jusqu'à lundi !
Belote et re-, dix de der.
Ça sent bon le pays !
Quel pays ?
Mais ça sent bon notre pays, mais oui !

Maurice Chevalier
(Ça sent si bon la France)

37
La bonne dame de Nohant

Gargarin entamait une belle tranche de *pâté berrichon*. Sa bonne humeur était contagieuse, et la jeune policière se fendit d'une glose ironique :

- Comment faites-vous Gargarin, pour avoir le même appétit, en toute circonstance ?

- Au pays de George Sand, il faut bien faire honneur à la gastronomie locale !

- Une femme aux fourneaux ? Ah, mais vous êtes toujours aussi rétrograde !

- Vous savez bien que les plus grands chefs doivent tout à leur grand-mère !

Il régnait une franche amitié entre les trois convives et la joie des retrouvailles, augmentée par la libération d'Amanda, conférait à ce gai festin de campagne une pointe de douce légèreté.

- Pardonnez-moi, Gargarin, mais je crains que vous ne confondiez la Sologne et le Berry, avait interrompu le père Brun, dont l'esprit scientifique ne souffrait pas la moindre parcelle d'inexactitude. Ici, nous sommes assez loin de Nohant. Pour faire simple, la Sologne se situe au Nord de Bourges et le Berry au Sud.

- Vous avouerez que, vu de notre lointaine et belle Normandie, c'est du pareil au même !

Fier de sa foucade, le libraire avait harponné la bouteille de sancerre pour lui jeter un sort, avant de réclamer le vin rouge.

- Au domaine de Nohant, des générations de femmes exceptionnelles se sont relayées. Mais son âme véritable reste évidemment George Sand, qui vécut dans cette demeure la partie majeure de sa vie.

- Une vraie maîtresse de maison qui adorait recevoir ses hôtes !

- Rendez-vous compte ! Elle accueillait chez elle les plus grands artistes de son temps. Il ne fallait pas seulement leur en promettre, croyez-moi, mais aussi leur en donner !

- Ah, ah, ah !

- Une table où venaient se presser des hôtes et amis comme Chopin, Musset, Balzac, Dumas fils, Flaubert, Delacroix ou Tourgueniev ! Voyez donc ! La plupart était mus par un solide appétit de vivre !

On abordait le *coq en barbouille*, un superbe volatile, aimablement mariné, flambé, accompagné d'une sublime sauce au sang. Les yeux de Gargarin brillaient de mille étoiles pendant qu'il goûtait avec application le *coteau du giennois*.

- La *bonne dame de Nohant* servait une cuisine simple et savoureuse, des plats traditionnels et authentiques, ceux qui avaient bercé son enfance ou qu'elle aimait préparer pour ses enfants et petits-enfants.

Le *coteau du giennois*, peu tannique, restait léger, fruité et friand, d'une belle couleur rubis. Si bien que Gargarin descendait un verre après l'autre.

- On a recensé dans ses œuvres des dizaines de recettes que la romancière a souhaité transmettre via ses cahiers et carnets de cuisine !

Gargarin, égayé par le coteau du giennois, s'était risqué à une comparaison qui, prononcée en début de repas, aurait frisé le blasphème, :

- S'il existait une religion de la gastronomie, elle serait sur les autels !

Soudain, le père Brun sursauta. Quelqu'un les observait-il par derrière la fenêtre ? Il aurait juré avoir vu la silhouette épaisse d'une dame noir. Mais comme l'embrasure restait vide, il n'était pas très sûr de ce qu'il avait vu.

- Que se passe-t-il ?

- Rien, je crois que je viens d'avoir une sorte d'hallucination, répondit-il en repoussant son verre de vin.

38
Journal de Basile

Mistinguett. Danseuse, chanteuse, reine du Moulin-Rouge. *Le jeune Chevalier avait appris l'amour dans ses bras. C'est drôle, elle s'appelait Bourgeois. Il était son Roi. Un vrai. Avec la Revue, la fameuse* « valse renversante » *aux* Folies Bergère *en 1912. Mistinguett et Maurice vont renverser tout Paris. On les surnomme les* danseurs obsédants. *C'est le début d'une idylle qui va durer dix ans. Maurice a 24 ans. Avant elle, il n'a connu que des femmes légères. Il est gauche, populo, titi parisien. Elle a 37 ans. Toute sa splendeur de déesse. Lui ouvrir en grand les portes du monde, lui inculquer toutes les bonnes manières, l'élégance. Hélas ! La guerre les surprend en pleine gloire. Il est blessé, puis se trouve prisonnier, par un mauvais coup du sort. Il profite alors de ses années de captivité pour apprendre l'anglais près d'un sergent britannique.*

Mistinguett use de ses relations, puis de ses contacts diplomatiques avec Alphonse XIII, le roi d'Espagne, pour faire libérer Maurice en 1916. Il revient à Paris, et reprend les spectacles avec son amour. Pendant un voyage à Londres, en 1919, il enregistre son premier disque. C'est le début d'une longue série qui va se poursuivre jusqu'en 1970 ! A Londres, il prend un goût très vif pour les belles étoffes, les costumes bien taillés. Désormais, il veut soigner sa tenue, s'habiller en homme du monde. Quand on représente le peuple, il faut lui faire honneur. Ah les p'tits gars de Ménilmontant sont fiers de toi, Maurice ! Tu proclames qu'il faut aristocratiser le peuple. *Un nouveau Maurice est né. Ce chanteur élégant, si Français, dont la gouaille perce encore sous une langue plus châtiée, mélange de dérision et de gravité, de tocade et de grâce, de travail et de légèreté. Quel autre avant toi, Maurice, a personnifié la chanson française avec autant de désinvolture ? Quel autre fils d'ouvrier, Maurice, a su incarner le succès avec autant de brio ? Tu es au sommet, Maurice, les femmes sont à tes pieds. Tu es irrésistible.*

Irrésistible. C'est bien ça, Maurice, tu es irrésistible. Ce mot te colle à la peau. Tu vois, Maurice, j'ai fouillé dans les dictionnaires le sens du mot. J'en ai pioché trois autres qui te dessinent bien : charme, ensorcelant, rire. Le charme, cette part de toi si légère, qui n'appartient qu'à toi et qui agit comme une bulle de champagne dans le regard des autres. Ensorcelant, un sorcier qui possède des dons secrets pour enchanter le public. Rire, c'est lui qui revient le plus souvent dans tes chansons. Tu aimes rire de tout, de la vie, de l'amour, des mœurs, des passions, et de toi. Non, ce n'est pas un rire malveillant et féroce. C'est un rire bon enfant, sain, populaire, parfois grivois, rire franc et généreux, rire joyeux, malicieux, rire salutaire, profondément humain. Notre bon vieux rire gaulois. Irrésistible. C'est bien ça. D'ailleurs, public et journalistes ne s'y trompent pas. En témoigne cette critique de l'année 1921 : « Ce désopilant fantaisiste, qui nous arrive du music-hall, exerce sur tous les publics un prestige qui tient de la magie. Qu'il chante, qu'il parle, qu'il danse ou se désarticule, il est inimitable et irrésistible ».

39
Horreur et miracle

La nouvelle qui avait parcouru la salle des Pas perdus, le soir du verdict, tenait à la fois de l'horreur et du miracle. Horreur, parce qu'un crime abominable avait été commis. Miracle, parce que la date de ce crime avait achevé de disculper Amanda. La deuxième victime était une femme déjà entrée en cinquantaine, vivant seule, sans relation amoureuse au moment des faits, pédiatre au *Centre hospitalier Jacques Cœur* de Bourges. Quel lien avec Mélanie, la logeuse d'Amanda, mis à part le cœur arraché de sa poitrine ? A n'en pas douter, ces meurtres étaient liés par un fil secret. Ce mode opératoire identique laissait croire à un œuvrier commun. Très vite, les analyses de la police scientifiques avaient démontré que l'auteur s'était servi de sa main gauche pour découper les chairs, à l'aide d'un ustensile affûté du côté droit, très vraisemblablement le même modèle de couteau japonais utilisé pour le premier crime.

A l'évidence, Amanda restait mise hors de cause, n'ayant pu quitter la prison pour se livrer à cette abomination. A part ces maigres éléments matériels, la police ne disposait d'aucune piste pour tenter de dresser les contours d'un profil d'assassin. Pouvait-on affirmer, sans risque de se tromper, qu'il s'agissait, non plus d'un simple meurtrier, mais bien d'un assassin ? La répétition du mode opératoire ne laissait aucune place au doute sur la préméditation. Oui, le meurtrier était donc un assassin. C'était une donnée essentielle dans la poursuite de l'enquête. Il faut bien comprendre que l'assassin est calculateur, concentré, méditatif, et qu'il fait preuve d'un esprit froid ne laissant rien au hasard. Le meurtrier peut se laisser submerger par une émotion forte, céder à une violente impulsion, obéir à la tentation de supprimer un obstacle, sans bien mesurer l'ignominie de son geste. Mais pas l'assassin. Non, lui sait ce qu'il fait, puisqu'il a planifié son acte.

Assassin. Quel mot étrange ! Il ne possède pas de féminin. Peut-être à cause de ses origines ? En arabe *ḥašašyīn* désigne un ordre, aussi religieux que militaire, lié aux musulmans ismaélites, créé par Hassan ibn al-Sabbah, appelé aussi le *Vieux de la Montagne,* décrit par Marco Polo et bien d'autres auteurs médiévaux, comme utilisant des drogues, dont le haschich (auquel doit son nom la secte des *ḥašašyīn*) pour forcer ses disciples à accomplir ses volontés. C'est probablement cette même recherche d'hyperesthésie qui invitera Baudelaire à pousser les portes du *Club des Hashischins,* afin d'assister avec Daumier, Delacroix, Nerval, Gautier, Flaubert, Dumas, Balzac, et goûter au fameux *dawamesk*, en vue de faire voguer son esprit dans les *fantasias*, ces soirées étranges et chimériques de l'Hôtel Pimodan.

Très active pendant la période des XIème et XIIIème siècles, la secte est la terreur des Croisés. Le *Vieux de la Montagne* pratique une vision radicale de l'islam, qui consiste à faire assassiner tous ceux qui n'exécutent pas ses volontés. Le méthode est simple : il envoie des disciples, capable de sacrifier leur vie, pour commettre des attaques-suicides. Qu'importe si le disciple meurt, pourvu que la cible soit tuée elle aussi. A qui obéissent ces soldats du meurtre ? A un dieu tout-puissant ou à Mania, la déesse grecque de la folie ? Tous les bonheurs se ressemblent, nous dit Tolstoï au tout début *d'Anna Karénine*, mais chaque infortune a sa physionomie particulière. C'est aussi vrai pour les lois du crime.

40
Journal de Basile

Il était comme ça mon Ambroise. Tendre et joyeux, mélancolique. Il ne passait jamais devant la statue de Jeanne d'Arc sans lui lancer un baiser. Un type qui descendait du Roi René, Duc d'Anjou, Roi de Sicile et Roi de Jérusalem, ne pouvait pas être mauvais. Parfois, il me priait chez lui pour me faire écouter les disques de son grand-père, à l'aide d'un grand phonogramme réaménagé. Et, sur un fond de Y'a d'la joie, *il me lisait des passages du* Livre du Cœur d'amour épris *de son Roi poète. Je réclamais* Padam *de la grande Edith, puis il nous berçait avec* Plaisir d'amour *de Rina Ketty, juste avant de nous ensorceler avec* Parlez-moi d'amour *de Lucienne Boyer. Ces vieilles chansons nous transportaient dans un univers si différent de notre époque. On écoutait aussi des chansons d'artistes du moment, avec la version des* Feuilles mortes *de Montand à l'Olympia. Reggiani, qui nous enthousiasmait tant, habillé en Tumeo, dans* Le Guépard *de Visconti, nous tirait une larme avec* Mon enfant.

*Quand l'automne s'étirait grise, pluvieuse, il m'entrainait jusqu'au salon, sous le portrait des ancêtres, pour tisonner dans la cheminée, visages rougis et graves, tandis que l'*opus 100 *de Schubert emplissait la pièce de sa grâce lunaire et saturnale, convoquant le souvenir vaporeux de la si belle, si fragile, si triste comtesse de Lyndon, de son baiser mystagogique sur la terrasse de Spa, dont la douce splendeur se confondait en nos mémoires avec la sensualité troublante de Marisa Berenson.*

Ambroise, livre de l'excellent Thackeray sur les genoux, déclamait les meilleurs passages des Mémoires de Barry :

« Regardez ce troupeau de femmes chez le prince, cousues dans des gaines de satin blanc, avec leur taille sous les bras, et comparez-les aux gracieuses tournures de l'ancien régime ! Quand je dansai avec Coralie de Langeac, aux fêtes données pour la naissance du premier Dauphin à Versailles, ses paniers avaient dix-huit pieds de circonférence, et les talons de ses adorables petites mules étaient hauts de trois pouces ; la dentelle de mon jabot valait deux mille écus, et les boutons de mon habit de velours amarante coûtaient seuls quatre-vingt mille livres. Voyez la différence aujourd'hui ! Les gentilshommes sont habillés comme des boxeurs, des quakers ou des cochers de fiacre, et les dames ne sont pas habillées du tout. Il n'y a ni élégance, ni raffinement, plus rien de cette chevalerie du vieux temps dont je fais partie. Dire que le roi de la mode à Londres est un Brummell ! un homme de rien, un être vulgaire, qui ne sait pas plus danser un menuet que je ne sais parler cherokee ; qui ne sait pas même vider une bouteille en gentilhomme ; qui ne s'est jamais montré homme l'épée à la main, comme nous le faisions au bon vieux temps, avant que ce Corse de bas étage eût mis sens dessus dessous la noblesse du monde entier ! ».

Après ces orgies de menuets, de dentelles et de soies, Armand sortait un disque des Chœurs de l'Armée Rouge. *Il ouvrait en grand ses fenêtres, dans l'espoir d'effrayer les bourgeois du quartier, puis il poussait le son à son maximum. Mais tandis que les soldats de la glorieuse armée, entonnaient en russe la grande version bolchévique du* Chant des Partisans de l'Amour, *nous nous époumonions en même temps qu'eux, avec les paroles françaises des* Partisans Blancs *:*

>Votre gloire est immortelle,
>Volontaires et Officiers Blancs,
>Et votre agonie cruelle,
>La honte de l'Occident.

41
Le duc de Berry

Dès qu'il était en voyage, Gargarin furetait dans les librairies, pour dénicher des auteurs, des titres et des idées. Pour lui, le mot *voyage* signifiait tout déplacement au-delà des frontières de sa belle Normandie. A l'ombre de la cathédrale, dans une rue médiévale, une boutique antédiluvienne offrait un choix innombrable de livres anciens. Notre ami donvillois avait franchi le seuil de ce royaume avec toute la ferveur d'un Perceval pour la quête du Saint vaisseau. Depuis ses muqueuses nasales, affublées du joli nom d'épithélium, un bouquet de senteurs, mélange de cire et de vieux papiers, avait fait danser les protéines transmembranaires qui venaient agiter le pôle apical des neurones récepteurs de son bulbe olfactif. Autrement dit, son cerveau, nourri par les promesses parfumées de délectations exaltées, avait cédé aux vertiges d'une douce ivresse.

- C'est magnifique ! Qu'est-ce que c'est ?

Après avoir fouiné dans les rayons nourris de vieux ouvrages, plein de savoirs et de beautés, il avait jeté son dévolu sur une caisse d'illustrations. La splendeur des planches, aux couleurs vives, aux formes élégantes, avait résolument captivé son œil averti. Notre libraire devinait que ces reproductions dupliquaient des enluminures médiévales. Le détail extrêmement fin du dessin supposait non seulement d'excellents pinceaux mais aussi un travail exécuté à l'aide d'instruments d'optique de premier ordre. Parmi les couleurs peu communes, obtenues à partir de minéraux ou de plantes écrasées, mélangés à de la gomme, il paraissait évident que le bleu parfait des ciels, entre azur et outremer, avait été conçu à partir de lapis-lazulis venus du Moyen-Orient.

- C'est vraiment somptueux !

Un vieil homme gardait les lieux, son visage décomposé, comme celui du vieillard seul à la porte du Purgatoire. Si Dante a choisi Caton d'Utique, c'est parce qu'il s'est tué par amour de la liberté. Aux yeux du poète exilé, Caton reste un martyr incarnant la liberté fondamentale d'une âme pour qui la servitude est un état pire que la mort. Suicidé, il aurait dû figurer en Enfer. Mais Dante l'a racheté. De même, la présence de tous ces livres sauvaient peut-être l'âme de ce vieux hibou en déshérence ? Dieu a voulu l'homme libre. Et ce libraire antique, personnifiait la lutte de chaque instant contre les puissances corruptrices qui n'ont pour autre but que d'assujettir la liberté des enfants de Dieu.

A la différence de Gargarin qui sautillait de joie dès qu'une âme de bonne volonté franchissait le seuil de sa boutique, le vieux Caton rechignait à répondre, vraisemblablement accaparé par son état de purgation. Il leva vers notre ami des yeux vides, comme le buste en bronze du Censeur, retrouvé sur le site archéologique de Volubilis au Maroc. Mais à la vue de la planche brandie par Gargarin, le visage du vieillard s'illumina de telle sorte qu'on aurait pu le croire au terme d'une libération, lorsque l'esprit, tout à fait purifié par des heures de lecture studieuse, n'est plus la proie des vains désirs.

- *Les Très Riches Heures du duc de Berry* !

Commandé par Jean 1er, duc de Berry, dans les années 1410, ce livre exceptionnel est une œuvre d'art d'une grande beauté, conçu en *vélin*. C'est une variété de parchemin, apparue à la fin du Moyen-âge, plus lisse, plus blanc, plus fin, préparé à partir de peau de veau mort-né, dit *velot*. L'Europe, suite aux invasions arabes des VIIème et VIIIème siècles, s'est vue privée de *papyrus*, le support naturel qui servait pour écrire pendant toute l'Antiquité. On se tourna vers de nouvelles techniques, en développant le *parchemin*, à base de peau d'animal, tels que le porc, le lapin ou le bouc (donnant le mot *bouquin* en français ; *book* en anglais). Les *Très Riches Heures* sont un livre liturgique, composé pour la journée des laïcs, à la différence du bréviaire, destiné aux clercs, pour permettre à chacun de suivre la *liturgie des Heures*.

Peu de gens savent que nous devons le mot *bouquin* aux invasions arabes. Sans la volonté des musulmans d'assécher l'Europe, nous aurions peut-être continué à écrire sur des papyrus. Les ignorants imaginent que le Moyen-âge ne savait pas lire, alors que c'est la période de l'Histoire où l'on a fabriqué les plus beaux livres. A cause de la matière en peau d'animal, concevoir un livre revenait à fabriquer un objet de luxe. Pour conjurer ces coûts exorbitants, des esprits sagaces ont inventé le papier à la fin du Moyen-âge, favorisant par la même occasion l'essor de la typographie. On peut regretter le temps béni des enluminures, mais le papier imprimé permet de lire au plus grand nombre d'entre nous.

42
Journal de Basile

- Le multiculturalisme est une imposture. La seule raison de vivre ensemble *est la civilisation, car, sans une civilisation mère, le multiculturalisme porte la guerre des cultes.*

Quand il entendait chanter la voix de Rina Ketty, Ambroise devenait lyrique.

- Ecoute René Girard : Le religieux enfante la culture humaine. *La culture porte en elle un soubassement de religion. Elle se nourrit de cultes. La civilisation vise à l'épanouissement de la vie civile. Un héritage gréco-romain. L'harmonie de la cité, la* polis grecque, *qui a donné la politique.*

Dans les couloirs de la fac, on avait des associations pour nous prêcher la bonne parole du multiculturalisme. Que des têtes de niais. On les entendait débiter leurs sophismes. Parce que nous sommes tous différents, nous sommes semblables. Et autres bêtises du même niveau. Je répétais les pensées de Soljenitsyne, en regardant les visages des mormons lobotomisés, apôtres de la novlangue, *ces agents de la* Thinkpol, *avec leurs tronches de perdants perpétuels, aux dégaines de faux derches :* « dans la vie sociale, liberté et égalité tendent à s'exclure mutuellement, sont antagoniques l'une de l'autre ! La liberté détruit l'égalité sociale - c'est même là un des rôles de la liberté - , tandis que l'égalité restreint la liberté, car, autrement, on ne saurait y atteindre ».

Nous avions bien conscience que la phrase de Camus était une prophétie : « ça ne sera plus un choc d'empires, nous assisterons à un choc de civilisations ». *Tous ces petits soldats stupides du multiculturalisme détestaient jusqu'à l'idée de civilisation. Ils ignoraient, les bougres, que la civilisation, c'était d'abord la citoyenneté, le droit civil, la civilité. Ils ne savaient pas, dans le creux de leurs cervelles de moineau, que le culturalisme provenait du culte, du cultuel, de la culture. Leur bêtise ne permettait pas de comprendre que la civilisation est le creuset de la culture, que l'une ne peut guère exister sans l'autre, et qu'un costume d'Arlequin ne fait pas un habit décent pour déguiser un prêcheur. Mais, en dépit de leur incurie, je me surprenais à contempler leurs bonnes têtes qui dodelinaient de sottise, sous l'effet d'un petit vent mauvais, si étrangers à l'esprit qui soufflait chez Bernanos :* « Je n'écris pas pour les imbéciles ».

43
Les Très Riches Heures

Sur un total de 206 feuillets, le manuscrit des *Très Riches Heures* contient 66 grandes miniatures et 65 petites. En complément du recueil des prières liées aux heures de la journée, le livre comprend un calendrier pour suivre l'évolution de la liturgie tout au long de l'année, mais aussi des péricopes des Evangiles, des litanies, des psaumes, des oraisons, ainsi que des offices particuliers. Il s'agit du type le plus courant d'ouvrage médiéval enluminé. Le joli verbe latin *illuminare* (éclairer, illuminer) a donné le mot *enluminer*. Ce terme désigne l'ensemble des éléments décoratifs et des représentations imagées exécutées dans un manuscrit, mais au XIIIème siècle il faisait surtout référence à l'usage de la dorure qui jetait des rayons de soleil sur les pages d'un livre.

- Vous tenez en main la procession de Saint Grégoire. Un extrait de la *Légende dorée*.
- Jacques de Voragine !

En entendant le nom du moine dominicain qui avait composé l'un des plus grands succès de librairie du Moyen-âge, notre vieux Caton se mit à scruter le visage de Gargarin continuant à parler.

- La peste ! Pour conjurer l'épidémie, Saint Grégoire organise une grande procession autour de Rome, alors qu'il n'est pas encore élu pape. Un ange apparaît au saint homme, tandis qu'un pauvre moine est frappé par le fléau. L'ange était apparu sur le mausolée d'Hadrien, qui prit alors le nom de *Château Saint-Ange*.

Le vieux libraire s'était approché sans bruit de Gargarin. Il portait sur la tête une sorte de bonnet difforme, tenant à la fois de la calotte et du chapeau tibétain, confectionné dans une matière indéfinie. A première vue, son accoutrement était un exemple de sobriété, mais en y regardant de plus près, avec les yeux ébaubis de Gargarin, le bonhomme se montrait emmitouflé dans un grand manteau de laine, aux conformations imprécises, qui hésitait entre la robe de chambre et le froc monastique. Sur la partie la plus étroite de sa protubérance nasale, trônait une perplexité de binocle, peut-être datée des années de conception du livre des *Très Riches Heures du Duc de Berry*.

- Quel travail remarquable ! Ce personnage, à gauche, lisant dans la foule en procession. C'est très étonnant !

Une lueur avait jailli derrière les binocles.

- Vous êtes bien le premier à remarquer ce détail ! s'étonna le vieux Caton.

Puis, après avoir considéré un long moment le visage de Gargarin, comme s'il cherchait à percer ses intentions :

- Et si je vous disais…

Ses paroles ressemblaient tout à coup à des antiphrases. On pouvait y déceler un véritable désir épigrammatique, mais en même temps, le vieillard se montrait excessivement agité, regardait partout autour de lui d'un air soupçonneux, se troublant, et perdant à chaque instant le fil de ses idées.

- Si je vous disais que ce tableau n'est pas la procession de Saint Grégoire ?
- Que voulez-vous dire ?
- Que l'auteur a peut-être voulu représenter une autre scène.
- Une scène de procession ? A Bourges ?
- Bravo ! Je vois que vous êtes perspicace.

Jean 1er, duc de Berry est un collectionneur obsessionnel, notamment d'orfèvreries et de pierres précieuses. En 1405, il commande la décoration d'une charte pour sa Sainte-Chapelle de Bourges, à trois frères, les Limbourg. Puis, un livre d'heures, connu sous le nom des *Belles Heures du Duc de Berry*, conservé au Metropolitan Museum of Art de New-York. Ils passent 4 à 5 années sur ce travail et réalisent 158 miniatures. Impossible de déterminer la part de chacun dans les œuvres d'enluminure. De nombreux experts ont tenté de dresser des limites entre le travail de Paul, Jean et Herman, mais sans convaincre tous les critiques. L'ouvrage est achevé en 1409. L'année suivante, Jean 1er leur assigne un projet encore plus important : ce sera le somptueux livre des *Très Riches Heures du duc de Berry*.

- Cet homme glabre (qui pourrait aussi bien être une femme) habillé d'une robe verte, un voile blanc, noué sur la tête. Qui est-il ? Que lit-il ?

Le vieux libraire s'était figé soudain, comme si Dante en personne était apparu pour lui intimer l'ordre de ne plus bouger.

- Ce sujet n'était pas prévu à l'origine dans le programme d'illustration. Il ne restait en effet qu'une colonne de texte et pas assez d'espace pour une grande miniature entre la fin des Psaumes et le début des Litanies des saints.

Le duc est aussi un grand bibliophile et ses inventaires font mention des nombreux ouvrages manuscrits qu'il acquiert ou qu'il commande à des artistes de renom. A la fin de sa vie, il possède plus de 300 manuscrits : 41 sont des chroniques, 24 des ouvrages consacrés aux sciences et aux arts, 15 des traités de philosophie et de politique. On compte aussi 14 Bibles, 16 psautiers, 18 bréviaires, 15 livres d'heures, 6 missels et près de 50 autres livres de piété. On sait qu'il fut commanditaire de 6 livres d'heures, exécutés selon ses instructions.

- Les Limbourg utilisèrent ingénieusement cette colonne pour peindre une large miniature en double page qui sert d'introduction aux Litanies. La *Procession de Saint Grégoire* étant connu sous le nom de Grande Litanie ou Grande Supplication.

- Et pourquoi ce ne serait pas la *Procession de Saint Grégoire* ?

- Car ils se seraient inspirés d'un épisode qui avaient frappé tous les esprits de cette époque dans le diocèse de Bourges, une affaire pour laquelle une grande procession avait été conduite par l'évêque.

Le vieillard s'était déjà ressenti du désordre qui régnait dans le visage de Gargarin, dont les yeux brillaient comme les feux d'une girandole. Car plus il cherchait à lui répondre, plus l'émotion le gagnait et lui coupait la respiration. Aussi, trancha-t-il court à toute discussion prolongée.

- Si vous voulez en savoir plus, adressez-vous au chanoine La Rose. Il saura vous renseigner.
- Le chanoine La Rose ?
- Un vieil érudit local.
- Et où vit ce brave homme ?

Le vieux Caton désigna du menton un point imperceptible, dans une direction qui semblait être celle de la cathédrale Saint Etienne.

- Là-haut, dans la *Tour de Beurre*.

Gargarin tourna machinalement la tête dans la direction indiquée, mais il ne vit point la Tour de Beurre, ni le chanoine La Rose.

- Et sur quelle affaire puis-je l'interroger ?

Le visage de Caton s'était assombri, comme si la porte du Purgatoire venait de se fermer sur lui. Tout son être exprima, dans l'infortune consommée d'une ultime grimace, le désarroi des âmes privées de la lumière éternelle.

- Sur l'affaire des *Disparues de la Sange.*

44
Journal de Basile

La première fois que je t'ai ouï, Maurice, je ne devais avoir guère plus de 5 ou 6 ans. C'était au cinéma, la chanson des Aristochats. *La salle était noire, les images toutes pleines de couleurs. J'ai immédiatement reconnu la voix d'un ami, d'un frère, d'un oncle, d'un père, d'un grand-père. Tu as gagné un Oscar pour cette chanson. Un Oscar à 81 ans ? Oui ! Diable ! Champagne, Maurice, t'es un champion ! Maurice tu es d'Artagnan, Cyrano, Bayard, Joinville, Adam de la Halle, Ovide, Astérix, Ulysse. J'ai tout de suite reconnu ta voix qui venait du fond des âges. Ta voix est une fleur de France.* « Le plus beau royaume après celui du ciel » *disait Grotius. Et lorsque je t'écoute, lorsque j'entends vibrer ton amour inconditionnel pour la terre de nos pères, la patrie, j'entends la voix de Joachim, le poète qui hantait l'esprit de mon grand-père, errant lui aussi dans la plaine, entre les loups cruels, quand il sentit venir l'hiver, avec sa froide haleine.*

France réponds à ma triste querelle. Mais nul, sinon Maurice, ne répond à ma voix, qui m'a nourri longtemps de sa lait de sa mamelle et, comme un agneau qui appelle sa nourrice, je remplis de ton nom les antres et les bois. Heureux qui, comme toi Maurice, a fait un beau voyage, et qui a conquis des toisons, avant de retourner, plein de ce qu'il savait, vivre en son logis le reste de son âge. Comme toi, Maurice, j'irai vivre en Amérique, avant de revoir mon vieux quartier, qui m'est une province et bien davantage. Je préfère l'œuvre des aïeux aux tours d'Amérique, et la belle ardoise au verre métallisé, la Loire au Mississippi, le petit Liré à Manhattan, et la douceur angevine plus que l'air marri. Mais je veux mettre mes pas dans les tiens, et dans ceux de René. *Tous deux êtes passés par l'Amérique. Alors, quand viendra mon tour, j'irai danser la* Java de Broadway, *pour tremper la mélancolie de mon âme française, dans les vapeurs de bourbon, et swinguer comme à Meudon, pour tirer des bordées sur la 42ème jusqu'à la 50ème, teintées de blues et de jazz et de rock.*

45
Les sœurs de l'Annonciade

Les trois amis étaient logés dans une petite maison du quartier médiéval, qui avait été donnée aux sœurs de l'Annonciade. Jeanne de France, fille de Louis XI, et demi-sœur d'Anne de Beaujeu, fut répudiée par son royal époux Louis XII. Appelée *Jeanne la boiteuse*, à cause de sa claudication, elle devient duchesse d'Orléans, par son mariage à 12 ans avec Louis d'Orléans. Sacré roi, sous le nom de Louis XII, il fait déclarer nulle cette union, dans le but d'épouser la veuve du roi précédent, Anne de Bretagne, afin de sceller l'union perpétuelle entre la couronne de France et le duché celtique. Après les fastes de la cour, Jeanne se retire saintement avec le titre de duchesse de Berry. Elle fonde à Bourges, en 1502, un ordre monastique, aidée par Gabriel-Maria Nicolas, franciscain observant, son confesseur.

Canonisée par Pie XII, en l'an 1950, Sainte Jeanne de France continue de veiller sur la ville de Bourges, par l'intermédiaire des Annonciades. Leur habit consiste en une robe grise, un voile noir, pour l'esprit de pénitence, avec un scapulaire rouge sang, pour commémorer la Passion du Christ, un manteau blanc pour la pureté de la Vierge, un ruban bleu avec une médaille d'argent. Outre Saint-Doulchard, près de Bourges, on les trouve à Villeneuve-sur-Lot, à Thiais, à Grentheville, et aussi à l'étranger. Leur Règle se compose en dix chapitres. Chacun traite d'une vertu de la Vierge. Les premières mettent en lumière l'importance de la conversion du cœur. La vertu de Foi et les suivantes aident à comprendre comment suivre le Christ, dans les pas de la Vierge Marie, la première des disciples, pour tendre petit à petit à l'amour de Charité.

- C'est un franciscain qui avait aidé Sainte Jeanne à la fondation de notre ordre. A notre tour de vous aider, avait soufflé, malicieusement, la mère supérieure.

Après l'acquittement d'Amanda, le parquet avait formé un appel, injonction faite à l'intimée de rester dans le ressort de la Cour d'Appel, en attente du procès. Mais cette fois, la police avait demandé à un nouvel inspecteur de reprendre l'enquête à ses débuts.

46
Journal de Basile

Combien d'entre nous savent le prix d'une vie ? Le mur de Berlin avait fini par tomber. James Bond avait gagné la croisade. La Guerre froide avait divisé nos familles pour longtemps, partagé notre enfance en moitiés. Personne ne s'intéressait aux non-alignés. Etions-nous nés sur une planète en crise érotique, dans l'euphorie d'une promenade sur la lune (un petit peu pour l'homme, mais quoi pour l'humanité ?) nous subsistions dans l'attente du grand chambardement de l'an 2000. Et tous les journaux de jeunesse vomissaient des fables de science-fiction, pour nous étourdir d'avenir. On nous promettait la lune. Nous avons grandi, nez collé à la sainte lucarne, pour imaginer nos vies en noir et blanc. Et tandis qu'Asimov inventait des mondes parallèles, moi je lisais son Histoire de La République Romaine.

Qui se souvient de ces temps curieux, où la politique hantait les consciences ? A table, au bistro, dans le métro, chacun déballait son couplet sur l'avenir du monde. Pour ou contre ? Quoi ? Le gaullisme ? Le maoïsme ? Entre deux matchs de football, deux cornets de frites. Est. Ouest. Chacun dorlotait son ennemi préféré. C'était si simple ce monde binaire. On savait contre qui hurler. Qui combattre. Qui honnir. Mettre sa peau sur la table, disait Céline. Sur une planète coupée en deux. Le peuple de gauche avait dansé dans la rue pour Mitterrand, les familles de droite avaient guetté les chars russes. On chantait l'Internationale ou la Marseillaise, avec la même conviction aveugle : vouloir conquérir le monde pour gagner sa liberté contre celle des autres.

Le nez de Dorothée souffrait d'une légère déviation. Elle se pinçait le bas de bouche quand elle apercevait la ligne de son profil. Pendant les vacances de Pâques, elle avait disparu quelques jours, afin de subir les prodiges d'une intervention chirurgicale. Evidemment, Grégoire n'avait pas résisté au plaisir de la railler. Non seulement son nez avait diminué de façon baroque, pour étaler une pointe outrageusement retroussée, mais en plus elle nous parlait ensuite avec un petit accent nasillard insupportable, qui conférait à sa personne un relief définitivement snob et vaniteux.

47
Journal de Basile

Ils nous avaient pris déjà
Notre belote et notre java
Avouez qu' nous n' sommes pas verjots
V'là maintenant qu'ils nous chipent notre argot
Dans toutes les classes de la société
La langue verte est adoptée
Chacun en douce fait à sa manière
Son petit vocabulaire
Du blé, du fric, de l'aubert, de la braise
Des picaillons, du flouze ou bien du pèze
Et appelez ça comme vous voulez, moi j' m'en fous
Pourvu qu' j'en aie toujours plein les poches
Plein les profondes, les fouilles et le morlingue
Pour que mézigue ait d' badours petites fringues
Et appelez ça comme vous voulez, moi j' m'en fous

Maurice Chevalier
(Appelez-ça comme vous voulez)

48
Deux et deux font quatre

A la question de Sganarelle : *qu'est-ce donc que vous croyez ?* Don Juan répond : *Je crois que deux et deux font quatre, Sganarelle, et que quatre et quatre font huit.* La belle affaire ! Pourquoi cette formule ? Descartes, qui remet tout en question à la recherche de la vérité, se demande pourquoi, s'il n'y a aucun doute sur le fait que deux plus deux sont égaux à quatre, il reste un doute sur notre existence. *Avec mon petit sens, et mon petit jugement*, hâble Sganarelle, *je vois les choses mieux que tous vos livres, et je comprends fort bien que ce monde, que nous voyons, n'est pas un champignon qui soit venu tout seul en une seule nuit.*

Douter que 2+2=4 n'est pas logiquement incohérent car, après tout, les nombres sont des idées abstraites qu'on ne rencontre guère dans la nature. *Je voudrais bien vous demander*, poursuit Sganarelle, *qui a fait ces arbres-là, ces rochers, cette terre, et ce Ciel que voilà là-haut, et si tout cela s'est bâti de lui-même.* Pour Descartes, dire *je doute que j'existe* est logiquement incohérent. Et

2+2=4 ? Ne dit-on pas *sûr comme deux et deux font quatre* ? Dans le célèbre *Discours préliminaire* de l'Encyclopédie, d'Alembert écrit justement : *Celui qui dit que deux et deux font quatre, a-t-il une connaissance de plus que celui qui se contenterait de dire que deux et deux font deux et deux ?*

Remettre en question cette vérité accouchée des mathématiques semble tellement absurde que l'Anglais Ephraïm Chambers utilisera l'expression 2+2=5 comme exemple de ce concept dans ce qui fut l'une des premières encyclopédies des temps modernes. *Vous voilà vous, par exemple*, ironise Sganarelle, *vous êtes là ; est-ce que vous vous êtes fait tout seul, et n'a-t-il pas fallu que votre père ait engrossé votre mère pour vous faire ?* Est-il sûr, d'ailleurs, qu'une telle certitude soit si facile à justifier ? Il est troublant de constater qu'elle met en échec le grand Sherlock lui-même dans « Etude en rouge » : *Si l'on vous demande de prouver que deux et deux font quatre, vous serez peut-être embarrassé et pourtant vous êtes sûr qu'il en est ainsi ».*

Byron, après Molière, est l'un des premiers à comprendre l'étroitesse de la formule, lorsqu'il écrit à sa future épouse, Anne Isabelle Milbanke, sa « princesse des parallélogrammes » : *Je sais que deux et deux font quatre et je serais heureux de le prouver aussi si je le pouvais, bien que je doive dire que si, par un procédé quelconque, je pouvais transformer 2 plus 2 en 5, cela me procurerait un plaisir bien plus grand.* C'est la formule tracée par le héros de 1984 au dernier chapitre du livre. Alors qu'il est complètement détruit par sa rééducation, il laisse glisser presque inconsciemment son doigt sur la poussière d'une table : 2+2=5. *Pouvez-vous voir toutes ces inventions, dont la machine de l'homme est composée, sans admirer de quelle façon cela est agencé l'un dans l'autre ?* Sganarelle ne lâche pas l'affaire. Il débite le bon sens de son esprit dans une célèbre tirade.

J'admets que deux et deux font quatre est une excellente chose, mais, si nous sommes justes, deux et deux font cinq a aussi beaucoup de charme. Dostoïevski va enfoncer un clou définitif sur la célèbre formule, enfouissant par la même occasion la suprématie du cartésianisme. A partir des *Carnets du Sous-sol*, il n'aura de cesse de railler la chose. Ce qui fait l'humanité, c'est la capacité de choisir ou de rejeter le logique et l'illogique, ajouté au processus incessant de recherche d'un but, c'est-à-dire la vie elle-même, et pas un but qui doit toujours être *deux plus deux égalent quatre*. Aussi, son personnage conclut-il : *J'admets que deux et deux ce n'est pas la vie mais le début de la mort.*

49
Journal de Basile

*Les services culturels de la Ville avaient financé la soirée d'inauguration. On avait accepté l'invitation de Pablo qui exposait sous les nefs d'un ancien entrepôt. Il nous avait promis qu'on pouvait picoler gratis, après le vernissage. Les huiles et le préfet avaient hoché la tête avec sérieux devant les serviettes hygiéniques, fossilisées par les crottes de tortues. Alcool pour tous à gogo ! Le vin d'honneur macérait dans des verres en plastique. Le Conseil Général avait payé une fête populaire, abrutie de techno. Pablo buvait de la vodka. Il était tellement plein qu'il avait pissé sur les pieds d'un serveur. Puis, il avait insulté la femme d'un conseiller de la Ville, avant de jeter son verre sur une de ses œuvres, pour rendre hommage à l'*Art comptant pour rien.

Dorothée nous abreuvait de ses idées sur la question. Quand elle cherchait à nous mystifier, sa voix devenait subitement nasillarde. Elle hululait, entre la crécelle et le sifflet, sur le ton d'un animal qui voudrait alarmer sa proie. Au grand dam de Grégoire qui la fusillait du regard. Je dévorais le visage d'Yvoire. Elle se taisait, gardant ses grands yeux écarquillés. Dorothée poursuivait sa diatribe sur les splendeurs de l'impressionnisme, ou sur les mystères lointains des aquarelles japonaises. Elle sentait l'acétone. Ambroise avalait des petits fours avec le faux détachement d'un boulimique. Alors les yeux d'Yvoire scintillèrent. Olivier nous rejoignait, vêtu d'un affreux costume à rayures. Je crois bien qu'à ce moment précis, j'ai su que j'étais amoureux d'elle.

La fête avait commencé après le départ des officiels. Olivier enlaçait Yvoire sur la piste. Allez savoir pourquoi, j'avais invité Dorothée à danser. Aucune envie de rester seul. D'abord surprise, elle me dévisagea vite avec l'œil d'un mendiant. A vrai dire, elle n'était pas repoussante, et même assez bien faite. La musique techno nous broyait les tympans. Je la serrai dans mes bras. Tout son corps se laissait faire. Je sentais la chaleur de ses seins contre ma poitrine. Combien de temps ? Je ne sais plus. Combien de temps avons-nous tournoyé l'un contre l'autre, trempés, silencieux, comprimés ? Autour de nos deux corps, cette curieuse foule d'artistes déjantés. Un geste, et sa bouche glissait pour sceller la mienne. Sa tête coula contre mon épaule. Soudain, j'avais croisé le regard d'Yvoire. Elle souriait. Comme un enfant pris en faute, je m'étais écarté brusquement.

Dans le sillage de Pablo, Grégoire fumait des herbes illicites. Il était sur le point de vomir, quand Ambroise l'avait entraîné dehors. Tout le monde était allumé. A part un attaché culturel du Conseil Général, aucun officiel n'était resté pour voir flamber l'argent du contribuable. Les artistes étaient tous défoncés. Certains se jetaient sur le sol, entraînant dans leurs lourdes chutes, la plupart des sculptures informes. Ils reposaient là, hébétés, dans l'anonymat du vacarme électronique, gardiens estropiés d'un trésor disparu, et l'inhumanité de leurs dépouilles amplifiait l'obscénité des œuvres.

50
Monsieur Deuxetdeuxfontquatre

- Devinez qui je viens de voir ?

La voix d'Amanda couvrait à peine la saturation phonique de la salle, emplie par un essaim d'oisifs pilobouffis à l'heure des chocolats chauds.

- Où ça donc ?

Chacun venait patouner dans la cordialité de ce café hors d'âge, pour oublier les rigris du quotidien, boire un thé chaud avec une amie, lamper des bières avec un camarade, conter fleurette à sa douce amie, devant un pot au lait.

- J'étais convoquée au commissariat. Un nouvel enquêteur va suivre mon dossier jusqu'à l'appel.

Au fond de la salle, une serveuse s'affairait avec vivacité au nettoyage des verres.

- Un nouvel enquêteur ? Mais pourquoi donc ? s'insurgeait Gargarin, le nez plongé dans son verre de sancerre, aux reflets bien dorés.

- Ah non, suggéra le père Brun, qui dégustait une bière d'abbaye, un trait de mousse posée sur sa barbe noire, comme une écume sur le goémon, ah non, Amanda, ne me dites pas que c'est *Monsieur Deuxetdeuxfontquatre* ?

- Gagné !

- Maingloire ! s'écria Gargarin, avec une pointe d'effroi, comme si une invisible main avait tenté de lui voler son verre de sancerre.

Maingloire ! Le nom de cet inspecteur qui avait sévi dans l'affaire du *Fantôme de Combourg*. Ce nom qui résonnait avec la précision d'une machine à coudre.

- Maingloire est détaché ici pour 6 mois, dans le cadre d'une expérimentation, une sorte d'échange, au sein des services de police.

- Quel poison ce ratiocineur !

- Il y avait un grand type dans son bureau, avec une mèche et des cheveux blancs, sorte de vieux beau, munie d'une élégance forcée.

- Qui était-ce ?

- Maingloire a tenu à me le présenter, non sans un soupçon d'obséquiosité.

- Et quel est son nom ?

- Le sénateur Berthier ! avait crâné Gargarin en sifflant le fond de son verre de sancerre, sans voir que ses deux amis le regardaient avec stupéfaction.

- Vous le connaissez ? se hasarda le père Brun.

La soufflerie puissante de la machine à café couvrit provisoirement la voix de Gargarin.

- Un descendant du Maréchal Berthier, le major général de la Grande Armée.

- Fichtre !

- Une sorte de baron local qui tire les ficelles dans les milieux politiques, économiques, et dans les journaux du coin.

- Un parrain ! souffla le père Brun qui aimait prendre le chemin le plus droit, dès qu'il se trouvait en présence de Gargarin.

- N'exagérons rien, mais c'est un homme qui pèse lourd, dans tous les arcanes du paysage local, comme un ancien sénateur romain avec sa clientèle d'obligés.

- Mais comment le connaissez-vous ?

- Je l'ai croisé ce matin, en buvant un petit café dans un bar du coin. Quand il est sorti, mes voisins ont dressé son portrait contre un verre de vin.

Et, plus cérémonieux qu'à la cour de Perse, hissant un bras autoritaire en direction du serveur :

- C'est toujours utile de trainer dans les bars du matin, prononça-t-il, plus fier que tous les Artabans de la Gascogne, tandis qu'il commandait un autre verre de sancerre.

- Et qu'a dit Berthier ?

- Qu'il avait mis lui-même Maingloire sur notre affaire. Qu'il ne voulait plus de scandale.

Le père Brun, se tournant alors vers Amanda :

- Et qu'a dit Maingloire ?

- Qu'il nous interdisait, à moi et à ma bande (pardon mon père)...

- Votre bande de quoi ?

- Ma bande de caliborgnons...

- Ah c'est charmant !

- Bref, il nous interdit de mener une enquête parallèle.

- Sinon ?

- Sinon, nous aurons de sérieux ennuis.

A ce moment, l'ombre d'une dame en noir se glissa vers la porte. On entendit sonner l'horloge de la cathédrale, faisant tomber cinq notes de cloche, avec une solennelle et paisible régularité. Gargarin leva les yeux, comme s'il contemplait quelque part un point visible de lui seul :

- Savez-vous qu'un ermite vit dans la grande tour de la cathédrale ?

- Un quasimodo ?

- Non, un vieux chanoine. Un érudit qu'on m'a recommandé pour nous éclairer dans notre enquête.

- Vous n'avez pas compris que Maingloire et son ami sénateur nous ont interdit d'enquêter, avait persiflé le père Brun en avalant le fond de son verre de bière d'un seul trait.

- Napoléon… murmura Gargarin.

- Quoi Napoléon ?

- L'empereur avait prétendu que nul ne pouvait remplacer Berthier.

- Alors nous ferons mentir Napoléon !

- Que voulez-vous dire ?

- Que nous allons suppléer Maingloire !

51
Journal de Basile

Ambroise m'avait appelé en renfort. Une méchante bagarre venait d'éclater entre Olivier et Grégoire. Nous étions sortis à toute vitesse pour les séparer. Olivier se tenait le bas du visage. Un petit filet de sang coulait de ses narines. Yvoire restait invisible. S'étant senti plus fort, avec notre arrivée, Olivier se mit à déballer des insultes. Grégoire demeurait impassible. Sur les conseils d'Ambroise, j'avais ramené Olivier vers l'intérieur du hangar, au milieu du bruit électronique, dans l'agitation générale. Il tremblait comme font les falots quand ils sont humiliés. Je crois qu'il n'aurait pas hésité à démolir un mur, s'il en avait eu les moyens.

Yvoire fut apparue, sans dire un mot. Olivier s'était calmé, avant de s'éloigner avec elle dans un coin. Dorothée pleurnichait. Je ne l'avais pas vue, au début, mais elle se tenait devant une porte, mouchoir à la main. Grégoire était remonté. Jamais vu dans un tel état. Visage tendu. Mâchoire serrée. Pourquoi cette bagarre ? Ambroise plia ses sourcils en accents circonflexes. Je crus deviner qu'Olivier voulait venger l'honneur d'une femme. Ses yeux clignaient, papillons affolés. Yvoire nous demanda d'éloigner Grégoire. Quant à Dorothée, le corps appuyé contre un mur, visage pâle, cernes rougis, elle soupirait avec une puissante bestialité, comme sur le point de vêler.

Il fila dans la nuit au volant de sa Midget. Aucun d'eux n'avait songé à le retenir. Grégoire était libre. Il n'était pas allé bien loin. Sa voiture dérapa sous un tunnel, avant de percuter un large poteau de béton. L'accident n'avait pas fait d'autre victime. Sa voiture rebondit plusieurs fois contre les parois. Les secours étaient arrivés assez vite. Et pendant tout ce temps, ils étaient allés boire des verres dans le hangar, avec les copains de Pablo, pour calmer la colère d'Olivier. Au petit matin, Ambroise m'avait réveillé, yeux secs, gorge nouée. Grégoire était en vie, mais ses jours demeuraient comptés. Il risquait de mourir comme il avait vécu, solitaire et pressé.

52
Journal de Basile

Comme danseur on ne fait pas plus chouette
Il vous danse la valse dans une assiette
Et quand il arrive dans un musette
Il faut qu'le mastroquet
Distribue aux dames des tickets...
Le p'tit gars d'Ménilmontant
Est un coq si vaillant
Que les poules disent en le quittant :
"Mimile... Il met toujours dans l'mille...
Mimile est épatant !"

Maurice Chevalier
(Mimile)

53
Pas de pourquoi

- La Rose est sans pourquoi.
- Que dites-vous ?

Nos trois amis déjeunaient dans un bistro du quartier médiéval. Amanda et le père Brun avaient suivi la pente de leur humeur pour se régaler d'une salade. Gargarin déversait son intérêt sur une potée berrichonne, accompagnée d'une excellent reuilly.

- Le titre d'un recueil d'Angelus Silesius, avait commenté le père Brun, afin de répondre à la question d'Amanda qui avait suivi la déclaration du libraire.

- Angelus Silesius ? Qui est-ce ?

- Un auteur allemand du XVIIème siècle, un protestant qui se sent à l'étroit dans le calvinisme et qui se convertit à la Foi catholique. Et pour vivre totalement son nouvel engagement, il fera le choix de devenir franciscain.

- J'ai vu son livre chez le libraire ancien qui m'a parlé de l'ermite de la cathédrale. Une très belle édition originale de 1675, avec un Sacré-Cœur ceint de la Couronne d'épines. J'ai hésité à l'acheter.

- Et pourquoi ne l'avez-vous pas pris ? avait interrogé Amanda, tandis que Gargarin se ruait sur sa potée berrichonne avec toute la fougue de Balin, armorié d'un sanglier, quand il tranche la tête de la Dame du Lac.

- Parce que je ne lis pas l'allemand, avait-il répondu, avant d'engloutir un plein verre de reuilly, comme s'il tendait, par ce geste désenchanté, de prouver son dépit autant que sa bonne foi.

- *La Rose est sans pourquoi.* C'est un joli titre. Que raconte-t-il ?

- La rose s'oppose au *rien n'est sans raison* de Leibniz, elle fleurit parce qu'elle fleurit. Elle n'a souci d'elle-même, ne demande pas si on la voit.

- Vous oubliez les épines !

- *La rose n'a d'épines que pour celui qui veut la cueillir*, dit un proverbe chinois, objecta le père Brun.

- Mais nous ne sommes pas des roses. Nous devons trouver la raison des meurtres.

- Sans pourquoi, ne veut pas dire sans raison. C'est le secret du mysticisme de la rose.

- Je ne comprends rien à la mystique.

- Pour Péguy, tout commence en mystique, et finit en politique !

54
Journal de Basile

Vivre et mourir : combien de mots inutiles entre ces deux verbes ?

55
Le dasein de l'enquêteur

Les Grecs regardaient dans le pouvoir de questionner, toute la noblesse de leur *dasein*. Leur pouvoir de questionner était pour eux la mesure de leur délimitation d'avec ceux qui ne pouvaient ni ne voulaient questionner. Ceux-là, nous dit Heidegger, ils les appelaient les barbares. Qui d'autre mieux qu'un enquêteur possède les secrets de l'art si noble de questionner ? Un bon enquêteur n'est pas celui qui trouve les bonnes réponses, mais celui qui sait poser les bonnes questions. Le mot allemand *dasein* signifie littéralement *être-là*, mais dans la tradition philosophique *être présent*. Avec Heidegger, *dasein* est devenu un concept majeur, au moyen duquel le philosophe de la Forêt Noire cherche à distinguer la manière d'être spécifique de l'*être humain*, qui est différente de celle des choses ordinaires. Le comble de cette différence s'exprime dans la manière d'être de l'enquêteur, qui incarne cet *étant* particulier et paradoxal, à qui son propre être importe moins que la possibilité constante de la mort des autres, vit en relation étroite avec ses semblables et qui, tout en étant enfermé dans sa quête solitaire, en conscience, *est toujours au monde,* auprès des indices cachés derrière les choses.

56
La Tour de Beurre

La *Tour de Beurre* était un édifice imposant qui surplombait la façade Nord de la cathédrale. Un beffroi permettait de suspendre le carillon offert par le duc de Berry. Elle culminait à 66 mètres de haut, et s'achevait en terrasse, à l'image des clochers de ND de Paris, avec une série de dalles, posées en retrait, instaurant une pyramide carrée de douze marches. Le premier étage de la tour était marqué par une série d'arcatures aveugles en anse de panier. Trois niveaux d'arcades, dont l'intrados dentelé en arquettes, supportaient des galeries, toutes garnies de balustrades traversant les contreforts. Au-dessus de la troisième galerie, la large allège était décorée de nervures saillantes portant le beffroi avec des doubles baies, encadrées d'un arc en plein cintre, munies d'abat-sons. L'intérieur se décomposait en plusieurs étages.

- C'est ici que vit votre ermite ? avait lancé Amanda, le regard tendu vers le sommet de la tour, dont la terrasse était pourvue de deux édicules, un pour l'arrivée de la tourelle hexagonale d'escalier à vis, adossée à l'angle Nord-est de la tour, et l'autre portant carillon.

- C'est effectivement ce qu'on m'a confirmé au presbytère, répondit le père Brun, nez en l'air, pour envisager le temps nécessaire à leur ascension.

- Mais pourquoi ce nom de Tour de Beurre ? s'enquit Amanda, le visage intrigué.

- Pour payer le chantier.

- Avec du beurre ?

- Non, avec des *indulgences*.

- C'est-à-dire ?

- L'Eglise accorde aux fidèles la possibilité d'obtenir l'annulation de la peine temporelle liée à un péché pardonné, au moyen d'une indulgence (du latin *indulgere,* accorder), obtenue en contrepartie d'un pèlerinage, d'une prière, mais aussi d'un don.

- Ils donnaient du beurre ?

- Non. C'étaient des indulgences de carême.

- Et alors ?

- Les fidèles achetaient le droit (et donc le pardon) de consommer du beurre et des laitages pendant le carême, répondit le père Brun en souriant devant la pugnacité curieuse d'Amanda.

- Drôle de pratique ! s'écria la jeune femme.

- Moi j'aime bien cette religion humaine qui prend soin des plus faibles, avait ajouté Gargarin, silencieux jusqu'ici.

- Des plus riches !

- Pas du tout. J'aime cette idée qu'on puisse manger du beurre pour aller au Paradis, même si la porte est étroite.

- Et que faites-vous des pauvres ? De ceux qui ne peuvent rien acheter ?

- Aux pauvres, on donne le beurre, rétorqua le libraire, toujours prêt à se chamailler, malgré son embonpoint qui le rendait pacifique.

- C'est sûrement l'origine du *Paradis fiscal*, avait conclu le père Brun, qui posait la main sur la porte pour entrer dans la cathédrale.

57
Journal de Basile

Si les délicats sont souvent malheureux, les malheureux ne sont pas délicats. Au cours des semaines suivantes, elle avait entrepris la lecture de Belle du Seigneur, *comme l'ascension d'une haute montagne, en respirant fort, en avançant lentement. Semblable aux enfants pendus à leur poupée de chiffon préférée, Dorothée promenait son livre partout avec elle, dans les couloirs de la faculté, ou sur les banquettes usées du* Capitole. *Pendant tout un long mois, elle avait pris un air vague et indéfini, marchant à petit petons, avec l'allure d'un poisson qui serait sorti des eaux pour se découvrir des jambes. Alors, retranchée dans l'univers si noueux de ses sentiments, elle se mit à considérer le monde avec la moue d'un batracien. Ambroise, barrésien jusqu'au fond de l'âme, jamais avare d'un bon mot, l'avait soudain rebaptisée :* La copine inspirée.

58
Journal de Basile

Et la can' du Canada
S'en alla cahin-caha
Vers le Rio de la Plata
Pour apprendre la samba !

Elle dansait la polka
La java, la mazurka
Mais voulait aller là-bas
Pour apprendre la samba !

Comm' c'était toute une affaire
Qu'un voyage aussi lointain
Par orgueil, notre commère
Le criait sur les tas d'foin !

Coin ! Coin ! Coin ! Coin !
Coin ! Coin ! Coin ! Coin !
Avec tous les canards du coin !

Puis la can' du Canada
S'en alla cahin-caha
Vers le Rio de la Plata

Pour apprendre la samba !

Maurice Chevalier
(La canne du Canada)

59
Le chanoine La Rose

Parvenus au dernier tiers de l'ascension, nos trois amis aperçurent une porte. Ils devinèrent que c'était l'antre du chanoine qui vivait en ermite dans la Tour de Beurre. La porte s'ouvrit sur une grande pièce remplie de livres. Des lampes installées dans les coins diffusaient un tamis de lumière douce. Au milieu de la pièce, se dressait un grand lutrin en pied d'apparence médiéval, dans un superbe bois lustré, composé d'une triple base, qui reposait sur un socle triangulaire, surmonté d'une flamme en son milieu. Fléchissant la tête sur un flanc, un aigle gigantesque déployait ses ailes en forme de pupitre. Le chanoine La Rose était debout, derrière son lutrin, à consulter des documents.

Il émanait de cette vision quelque chose de surréaliste, échappant aux prises du temps. On avait le sentiment de voyager dans les trois formules définies par Balzac, pour exprimer tous les genres de vie, depuis le roman poétique et vagabond du bohème jusqu'à l'histoire monotone et somnifère des rois constitutionnels : la vie occupée, la vie d'artiste, la vie élégante. Le vieil homme portait une houppelande de velours noir, par-dessus sa soutane élimée. De longs cheveux de neige, prolongés d'une barbe blanche interminable, conféraient une allure de pope ou de druide à ce curieux personnage. Ce qui ressemblait à un sourire, derrière ce buisson de poils immaculés, accueillit nos amis par des mots aimables :

- Que me vaut l'honneur de votre visite ?

Aucun siège visible dans la pièce. Chacun resta debout. Dans un coin, une petite porte ouvrait sur la chambre de l'ermite.

- Nous venons vous consulter dans le cadre d'une affaire criminelle, avait tranché Amanda sur un ton qui dénonçait son intention de faire carrière au démon de sa curiosité ainsi que le tourment d'une perplexité mal contrôlée.

- On m'avait prévenu de votre arrivée. Je suis tout ouïe.

Même isolé, le vieil ermite semblait toujours connecté au reste du monde. Perché dans le haut de sa tour, il écoutait monter les bruits de la ville, et donnait le sentiment de tout savoir des rumeurs d'en bas, qui ronflaient comme une cacophonie dont il savait filtrer chaque ondoiement pour en cueillir la fleur.

- Seriez-vous le fameux père Brun ?

En signe d'approbation, le franciscain hocha la tête, sans se laisser embecqueter l'esprit par les manières onctueuses du chanoine.

- Nous irons droit au but, nous cherchons des renseignements sur une affaire ancienne.

- Laquelle ? interrogea le vieil homme avec un bouquet d'étincelles dans les yeux qui pouvait signifier qu'il connaissait déjà la réponse.

- L'*affaire des Disparues de la Sange*.

- Vous aurez cinq victimes.

Le ton froid du vieil ermite avait surpris nos trois amis. Que signifiait donc cette annonce ? Que voulait dire ce vieux hibou à longue barbe blanche ? Possédait-il des dons de voyance ?

- Dans votre enquête, on compte déjà deux victimes, assassinées de la même façon, le cœur arraché.

- Oui, souffla la jeune policière qui semblait de plus en plus intriguée.

- Alors, il y en aura trois autres.

- Et pourquoi donc ?

- Tout simplement, parce que les disparues de la Sange étaient cinq.

60
Journal de Basile

Le bonheur d'être soi fait le malheur des rois. Aulu-Gelle m'offrait des Nuits attiques *plus belles que mes jours. Rien ne savait m'apaiser comme la littérature. La fréquentation des auteurs antiques, le génie de leur simplicité, de leur forme élevée, élégante, naturelle, tout me procurait un sentiment de sérénité inconnu. A chaque fois, je retournais m'abreuver à la source. J'aimais ce ton aristocratique, désinvolte, bruissant parmi l'ordre des mots comme un oiseau chantant au milieu des vignes. Je n'ai jamais connu de ces enchantements dans la compagnie des auteurs plus modernes. Même Ambroise, son allure de fils de famille, ses délicieuses manières surannées, son chuintement qu'il laissait trainer sur des phonèmes anglicisés, ne parvenaient à me donner un tel espoir. Depuis belle lurette, le gilet rouge était rangé dans les armoires, grignoté par les mites. Brummell était jeté aux oubliettes, Gautier balayé par les mots des camés, quant à Barbey d'Aurevilly, il demeurait à gésir escarbouillé sous l'ignorance du siècle. Je me sentais vraiment plus seul que jamais. Le dandysme n'est qu'une métaphysique de soleil couchant. Ce monde était devenu infréquentable Notre époque virait définitivement au laid. Le Beau, le Vrai, le Bien (la Trinité antique selon Dostoïevski) seront toujours ennemis du vulgaire.*

Les Ecrits corsaires *de Pasolini m'avaient immunisé contre les niaiseries du consumérisme, de la coolitude, de la bisounourserie. Gloire à lui ! Le consumérisme consume. C'est dans sa nature. Il incendie tout. Le monde se remplit jour après jour de consommateurs. Adieu les citoyens ! Vivre en jean-baskets fera de nous des êtres meilleurs. 1984 est dépassé. Nous habiterons dans un supermarché à ciel ouvert. Tout sera à vendre. Et tout se vendra. Surtout la bêtise. Soyons cools ! Je crois que les dandies m'avaient enseigné l'art de se tenir debout, d'affronter, de lutter, de garder l'âme chevillée au corps, de combattre, d'endurer, de ne jamais se laisser abattre, de se mesurer à l'esprit du temps, afin de tenir le choc de la modernité, pour enfiévrer nos cœurs vers des buts inconnus, sous la caresse livide du petit jour, dans la brume des sentiers incertains.*

Serons tous à vendre ? Baudelaire nous implore à cultiver une intelligence subtile de tout le mécanisme moral de ce monde. La modernité est une mécanique, une immense machine à broyer le Beau, le Vrai, le Bien. Et le poète a bien compris que cette résistance implique une quintessence de caractère. Dire non aux impostures, est le dernier acte d'héroïsme. Ce qui passe pour altier aux yeux des pigeons, c'est le vol des aigles. Le monde est à vendre. Vendez tout ! Corps, âmes, arts. Vendez tout ! Qu'il ne reste rien. Tout doit disparaitre. Les soldes de l'humanité. Nos esprits se consument dans le rougeoiement des cigarettes, avec ce petit crépitement qui désespère l'intelligence. Et vos fumées grises se fondent vers le ciel. Une couronne blanc cendré s'évapore dans vos émanations de haschich. Et moi, inconsolé, à l'aurore de ma vie, loin des âmes vulgaires, tièdes et fleuris, dans le fossé de mes premiers chagrins, seul, sous le ciel bas et lourd, je venais méditer sans lâcher cette lumineuse prophétie de Soljenitsyne : « On asservit le peuple plus facilement avec la pornographie qu'avec les miradors ».

61
Journal de Basile

Dans la vie faut pas s'en faire
Moi je ne m'en fais pas
Ces petites misères
Seront passagères
Tout ça s'arrangera
Je n'ai pas un caractère
A me faire du tracas
Croyez-moi sur terre
Faut jamais s'en faire
Moi je ne m'en fais pas

Maurice Chevalier
(Dans la vie faut pas s'en faire)

62
Le château de Sully-sur-Loire

La Sange est un cours d'eau qui coule dans le département du Loiret. C'est un petit affluent de la Loire, qui présente une longueur de 16,9 kms. La rivière prend sa source dans la commune de Saint-Florent, et se jette dans le fleuve à Sully-sur-Loire, en s'écoulant globalement d'est en ouest. Elle est classée en 2ème catégorie piscicole. Ce qui signifie qu'elle demeure un paradis pour les poissons blancs (brochet, sandre, perche…). Chaque année, à la fin de l'été, une grande fête réunit les amoureux du lieu autour du château de Sully, pour célébrer pendant trois jours les fleurons de la culture locale : la *Fête de la Sange*.

Construit au Moyen-âge, le château de Sully est un édifice imposant, dont l'architecture a évolué au fil des siècles. Sa silhouette de château-fort, posé sur les rives de la Loire, donne à l'œil un sentiment de puissance et de sérénité. En 1429, après avoir libéré Orléans, Jeanne d'Arc vient y rencontrer le futur roi Charles VII, avant d'y rester maintenue prisonnière en fin de la même année par Georges de

La Trémoille, seigneur du lieu, ancien compagnon d'armes, désormais favorable aux Anglais. Au tout début du XVIIème siècle, Maximilien de Béthune, ami proche d'Henri IV achète la bâtisse. Devenu duc de Sully, le ministre portera désormais le nom de son château pour la postérité. En mars 1652, le jeune Louis XIV est venu s'y réfugier pendant deux nuits, pour fuir les tourments de la Fronde. Au siècle suivant, Voltaire se réfugie à son tour entre les murs de Sully, par deux fois, accueilli pendant ses exils, par le cinquième duc. Il fera jouer quelques-unes de ses pièces de théâtre, dans la salle d'honneur du donjon, avant de se trouver en froid avec son hôte. Quant au huitième duc, en plein accord avec les idées révolutionnaires, et souhaitant le montrer à toute la population, il fera découronner les six tours qui composent le donjon. C'est-à-dire qu'il en ôtera les toits, à l'image de la décapitation de Louis XVI.

Les Barbares, nous dit Léon Bloy, *étaient venus pâturer la syntaxe du Commandement et de la Prière dans les Plaies du Christ. Ils apportaient naturellement avec eux les cailloux du Rhin, les durs et coupants silex de Franconie ou de Saxonie, les émeraudes gothiques, les granits armoricains, les gemmes du Septentrion, les escarboucles et les saphirs du vieil Orient, les topazes, les onyx et les opales mystérieuses des monts inconnus.* En ces contrées, entre langues d'oïl et langues d'oc, entre Celtes et Germains, entre Normands et Provençaux, entre Orléanais, Berry, Touraine, le Centre Val de

Loire, non satisfait de pouvoir posséder les plus belles rivières de France, les plus beaux châteaux du monde, a su cultiver les plus beaux noms de l'esprit français avec Balzac, Descartes, Rabelais, Villon, Ronsard, Sand, Péguy, Proust, Genevoix, Alain-Fournier, Dolet, Lorris, Vigny et tant d'autres. C'est le jardin de la France des poètes, des penseurs et des écrivains. Ici, au milieu des châteaux-forts et des églises romanes en pierre blanche, comme sur les enluminures médiévales, bat le cœur de la France.

63
Journal de Basile

Comme tous les chevaliers, il aimait sa mère avec une dévotion mal contenue. Après sa mort, il commanda une statue qu'il installa dans son jardin. On le voit dans un documentaire. Il caresse le menton du visage maternel en pierre. La statue de la Commandeuse. *« Elle était belle et distinguée ». Puis, on sent que la voix se resserre, et avec une élégance rare, celle qui n'appartient qu'aux rois, il détourne les yeux avant d'annoncer, sur le ton d'un prince qui domine mieux les autres que soi-même, avec un sourire froid :* « Nous allons parler d'autre chose maintenant, si vous le voulez bien ». *Ah tu n'as jamais évoqué les femmes sans exprimer ton respect, ta tendresse, ta dévotion ! Moralement, tu avais aussi tes élégances.* La Louque. *C'était le surnom de ta mère. Et quand tu as fait l'acquisition de ta propriété, en 1952, dans le parc privé de Marnes-la-Coquette, tu lui as donné le même nom. Posséder une maison qui porte le nom de sa mère. Maurice tu es un fils en adoration. Cette demeure est immense, 585 m² sur 7 740 m² de terrain, et tu la regardes avec les yeux d'un enfant.* « Elle est si belle que je ne cesse de l'admirer comme si elle appartenait à un autre que moi ». *Ce grand bijou d'architecture des années trente est au milieu d'un parc, planté d'arbres centenaires avec théâtre de plein air, pelouses ornées de statues en pierres et* fontaine Wallace. *Tu accueilles Édith Piaf mais aussi Marcel Pagnol, Pierre Mendès- France, Tino Rossi ou Richard Burton. Tu y passes les meilleurs moments de ta vie jusqu'à ton décès en 1972. Et tu choisis de reposer dans le cimetière tout proche.*

Ah t'es distingué Maurice ! Pas seulement avec ton sourire et ton allure de prince, mais parce qu'on t'a remis des distinctions. Croix de guerre 1914-1918, Officier de l'Ordre national du Mérite, et de la Légion d'honneur, Chevalier de l'ordre de Léopold, Officier de l'ordre du Nichan Iftikhar. T'es un héros Maurice. Champagne ! Et aussi un gentilhomme, doué pour l'amitié. Tu sais écrire et tu vénères les écrivains. Eux aussi d'ailleurs. Elsa et Aragon sont tes fans. Tu fréquentes les dîners littéraires d'André Maurois. Tu corresponds avec Gide, Cocteau, Carco, Jouhandeau. On sait que tu écris bien. Ta plume, trempée dans le champagne est candide et sincère. A toi, le titi de Ménilmontant, on a offert les clés de New-York, Yes ! un oscar d'honneur, un Cecil B DeMille Award, *et toute une série de récompenses, mais pour toi Maurice la plus belles des récompenses, la plus heureuse, c'est d'entendre tes chansons sur les lèvres des femmes, dans les maisons, dans les gares, dans le métro, à la radio. Quand tu fais des galas, ton public se prosterne devant toi, des concerts de cent mille personnes, où même le Tout-Paris s'étonne, et se lève pour prolonger le combat. Et partout dans la rue tu veux qu'on parle de toi, que les filles soient nues, qu'elles se jettent sur toi, qu'elles t'admirent, qu'elles te tuent, qu'elles s'arrachent ta vertu. T'es un vrai chanteur, Maurice, Champagne !*

64
Journal de Basile

Tu m'as tant consolé, jamais abandonné
Toi, toi, toi
Et jusqu'au jour où tombera ma toile
Mon étoile
Maman, sera toi, toi, toi !
Toi, toi, toi !
Toi, toi, toi !
Du renfort de là-haut, tu m'en as tant donné
Tu m'as tant consolé, jamais abandonné
Toi, toi, toi
Et jusqu'au jour où tombera ma toile
Ma bonne étoile
Maman, sera toi, toi, toi !

Maurice Chevalier
(Toi, toi, toi !)

65
Les Ecorcheurs

Les *Ecorcheurs* étaient des bandes armées qui sillonnaient la campagne au XVème siècle, des troupes d'*entrepreneurs de guerre* qui pratiquaient le pillage, rançonnant les puissants, mais aussi les formes coutumières de la guerre médiévale, pour leur profit ou pour celle du roi Charles VII, dont ils se réclamaient. Le 2 novembre 1439, aux *Etats généraux* rassemblés depuis octobre à Orléans, le roi Charles VII, dix ans après son sacre à Reims, qui couronna l'épopée de Jeanne d'Arc, le nouveau roi de France ordonna la réforme de l'armée suite à la plainte contre les *Ecorcheurs* et leurs exactions.

Une affaire, parmi d'autres, avaient soulevé l'horreur dans la conscience publique. Celle que la peur collective avait aussitôt appelé, dans un élan de forte pitié populaire : les *Disparues de la Sange*. Des jeunes femmes, en quelques jours à peine, cinq au total, toutes vierges, avaient disparu autour de la rivière. De simples paysannes. Tout le monde avait accusé les *Ecorcheurs*, et leurs bandes pillardes, à cause de leur cruauté. Mais dans les campagnes, bien à l'abri du pouvoir des puissants, dans les forêts, dans les prés, devant l'âtre des chaumières, on se murmurait que les jeunes vierges avaient été trucidées pour se faire extraire le cœur. On racontait après la veillée, au coin du feu mourant, une fois que les enfants avaient gagné leurs lits pour céder au sommeil, que ces meurtres dignes d'un sacrifice étaient l'œuvre du sinistre chapelain de Georges de La Trémoille.

Frère Wulfila était un franciscain d'origine saxonne. Il portait le prénom de ce moine qui avait traduit la Bible en *langue gotique*, vers 350, sous le règne de l'imposteur Magnence, bien avant Luther. Comme son nom gothique écorchait les oreilles des paysans de France, en colère contre les Anglais, il fit prudemment le choix d'un nom plus civilisé, en s'affublant du vocable de Corvus. Un homme au physique menaçant, mais ce qui inquiétait le plus dans sa personne, ce n'était pas son allure à la fois imposante et grotesque, ni même les talents secrets de son esprit sulfureux, mais la triste influence qu'il répandant sur l'esprit de Georges de La Trémoille, dont la réputation de vilénie avait dépassé les bornes de sa Seigneurie de Sully.

66
Journal de Basile

C'était un jour quelconque de février, nous marchions dans la rue Lenepveu, qui conduisait au Théâtre. J'ai oublié le temps qu'il faisait, mais je me souviens qu'on voyait du monde à trottiner. Soudain, Ambroise s'était arrêté :
- Tu as vu ?
- Quoi ?
- Là, regarde, sous nos yeux !
Une façade d'immeuble bourgeois, comme il en existait tant au cœur de la ville.
- C'est dingue !
- Mais quoi ?
- L'enseigne, là.
- Et alors ? Elle est là depuis le début du siècle.
- Mais tu ne comprends pas ?
- Non, désolé.
- On dirait le nom d'un poème de Charles d'Orléans.

Je m'étais surpris à lui répondre, presque mécaniquement :

- *Ou d'une chanson de Maurice Chevalier.*
- *Exactement ! Ou d'un roman de Zola.*
- *Oui, ou le nom d'un grand restaurant.*

Nous étions là, dans l'aurore fleurie de la jeunesse, pour épouser le doux mystère de la vie, toujours en quête de nobles émois et d'élévation mystique, nus d'amour, vêtus d'amitié, pas encore égarés dans la forêt obscure, *loin de sa noirceur âpre, touffue et sauvage, nourris de lys et de clartés dans l'immortel trésor des bibliothèques, bercés de littérature, de platonisme, plongés dans les racines du mythe de l'amour courtois, né au XIIème siècle, chanté par les troubadours provençaux, au même moment que la doctrine propagée par l'hérésie cathare. Dans* L'amour et l'Occident, *Denis de Rougemont nous avait appris que la légende de* Tristan et Yseult *était l'archétype du grand mythe européen de l'adultère. Il déplorait le parallélisme entre passion et art de la guerre, appelant aux vertus de l'*Agapè, *fondant le couple, non dans la fusion, mais avec respect mutuel de deux personnes distinctes, regrettant ses effets sur l'institution du mariage, mis en crise par ses représentations dans la littérature occidentale. Et face à* l'amour de l'amour, *éternellement lié à* l'amour de la mort, *illustré par le destin tragique de Tristan et Yseult, Rougemont opposait sa vision de l'*amour action, *éthique chrétienne du mariage faite d'engagement et de fidélité.*

Chardonne dit quelque part que la plus grande erreur des modernes est d'avoir importé le romantisme au sein du mariage. Romantique ou marié, fallait-il choisir ? Avais-je conscience de ce choix dans ma vie future ? Non, pas encore, mais la cristallisation n'allait pas tarder.

- Tu comprends, m'avait dit Ambroise, les Dames de France, *c'est le témoignage ultime de notre civilisation. Si l'Occident est ce qu'il est, c'est en raison de son amour des femmes. Nulle part ailleurs, on a célébré les femmes avec autant de ferveur amoureuse.*

- Nulle part ailleurs, on a autant célébré les saintes, avec, au premier rang, la Vierge Marie.

Sous mes yeux, une manchette de journaux : 26 février 1993, attentat à la bombe au World Trade Center.

Le premier attentat islamiste aux Etats-Unis. 6 morts et 1042 blessés. Une cellule terroriste pilotée par un égyptien, le cheik aveugle, prêcheur charismatique de la mosquée de Brooklyn.

- Les Dames de France, *le nom d'un grand magasin, qui pourrait être celui d'un poème de Charles d'Orléans, d'une chanson de Maurice Chevalier, d'un roman de Zola ou celui d'un grand restaurant. Regarde autour de nous ces dames de France sont partout dans la rue.*

J'avais écarquillé les yeux. Les passantes autour de nous s'égaillaient, palpitant comme les roses d'un poème de Verlaine. Des femmes de tous les âges, élégantes ou coquettes, souverainement féminines, imprimaient pour toujours, au creux de nos mémoires diaprées, les derniers feux d'un héritage discret, aujourd'hui disparu, les charmes de la bourgeoisie provinciale.

*- Tu vois, la civilisation c'est ça. Quand toute la vie civile se trouve en accord. Les chansons, la littérature, les magasins, la rue, les restaurants. Je parle d'*accord*, parce que je laisse l'*harmonie *aux poètes. On peut affirmer que nous sommes en accord avec nos Dames de France. Mais jusqu'à quand ?*

L'attentat du 23 février 1993 reste considéré comme le premier attentat djihadiste contre une nation occidentale, malgré la vague d'attaques meurtrières qui avait secoué la France en 1986. L'Occident allait-il vivre ce choc de civilisations, annoncé par Albert Camus en 1946 ? Mes yeux posés sur l'enseigne des Dames de France, *le mot de Cioran avait résonné contre les parois de ma conscience :* « Toute civilisation exténuée attend son barbare ».

67
Journal de Basile

Je me suis dit pendant la danse
Elle est charmante et voilà tout
C'est un p'tit flirt sans importance
Et puis j'ai compris tout à coup
Vous valez mieux qu'un sourire
Vous valez mieux qu'un baiser
Un baiser ne peut subir
Un grand âne apaisé
Ecoutez-moi sans rien dire
Et sans vous scandaliser
Vous valez mieux qu'un sourire
Vous valez mieux qu'un baiser

Maurice Chevalier
(Vous valez mieux qu'un sourire)

68
Georges de La Trémoille

Avide de pouvoir et de richesses, tour à tour allié avec les uns, puis avec les autres, La Trémoille est un homme sans scrupules. Compagnon d'armes de Jeanne d'Arc, il la trahit plusieurs fois pour rester dans les faveurs du roi. Il maltraite sans vergogne sa première épouse, la très riche veuve du duc Jean 1er de Berry, la dépouille et la ruine. Malgré sa hargne et sa veulerie, Georges devient grand chambellan du royaume. Au cœur de nombreuses machinations, de sombres intrigues, de conspirations alambiquées, le puissant seigneur de Sully, navigue avec un talent diabolique entre tous les courants si complexes de son temps.

La Trémoille ne recule devant aucun moyen pour accéder à toutes ses fins. Aime-t-il une femme mariée ? Qu'à cela ne tienne ! Il l'épousera quand même. Associé au Connétable de France, Arthur de Richemont, il fait arrêter le chancelier du royaume, Pierre de Giac, dont il convoite l'épouse. Après un jugement sommaire, le mari gênant, cousu dans un sac de cuir (subissant à tort le châtiment romain qui punissait le parricide) est jeté dans une rivière, sous les yeux de ses assassins. La Trémoille épousera sa veuve, la très riche Catherine de l'Isle Bouchard.

Son père, Guy VI de La Trémoille, reste considéré comme l'un des chevaliers les plus hardis de son temps, mais Georges est grossier, adipeux, lâche. Il remporte cependant de nombreux succès d'armes avec son allié Gilles de Retz, aux côtés de Jeanne d'Arc. Lors d'une attaque à la forteresse de Chinon, après un énième renversement d'alliance contre le connétable de Richemont, il est poignardé au cœur par un chevalier, mais son obésité le sauve, parce que la lame reste bloquée dans sa graisse. La bibliothèque du château de Sully ne suffirait pas à raconter les exploits de cet animal médiéval, dont la trajectoire politique pourrait faire l'objet d'un traité de physique quantique.

Maintenue prisonnière au château de Sully par La Trémoille, désormais favorable aux Anglais, Jeanne d'Arc finit par s'enfuir, avant d'être arrêtée pendant l'attaque du camp bourguignon près de la ville de Compiègne. On prétend que La Trémoille l'aurait trahie, une fois de plus, pour la vendre aux Anglais. Une chose est sûre, et la population de la Sange partageait cette idée, tous ces projets noirs étaient insufflés à l'oreille du Seigneur de Sully par son chapelain, le frère Corvus, un homme lugubre et trouble qui cachait sous sa bure de franciscain un cœur opaque, une âme ténébreuse, imprégnée d'une obscurité aux noirceurs intenses, une nuit habillée d'un noir aussi profond et brillant que les plumes d'un sinistre corbeau.

69
Journal de Basile

« Plus tard, je fis tout pour obtenir son adresse en le faisant rechercher dans tout Paris. On ne le retrouva pas. Il eut tant de noblesse dans son expiation qu'un des plus grands regrets de ma vie est de n'avoir pu, en cachette, assurer sa vieillesse. C'en est même un remords. »

Maurice et son père. Une sombre histoire d'expiation. Avant tout pour apaiser la colère des dieux. Les Grecs offraient des sacrifices d'expiation pour obtenir la paix divine. A 8 ans, Maurice, ton père alcoolique vous a abandonnés, ta mère et tes deux frères. Tu n'as jamais pardonné son départ. Tu étais un petit garçon, et ton père ne s'est jamais occupé de toi. C'est pour ça que tu t'es accroché à ta mère. Et que tu as vécu chez elle, pendant toutes ces années.

Un soir, quand tu étais au sommet, il s'est présenté à toi, à la fin d'un spectacle. Il voulait te demander pardon, et aussi un peu d'argent. Mais tu étais si désemparé que tu n'as pas su l'accueillir. Tu lui as dit de disparaître à son tour. Puis, avec le *temps, tu as eu honte de ta réaction. Une histoire d'*expiation. *Le sacrifice pour obtenir la paix des dieux. La réparation d'une peine ou d'une faute. La conséquence fâcheuse, ou terrible de ce qu'on a fait ou ce qu'on a vécu. Et si, au fond, le secret de ta carrière vertigineuse, Maurice, était inscrit sur le petit bout de papier tiré du gilet de* Mitia, *dans* Les Frères Karamazov, *où étaient jetés ces quelques mots terribles :* « Je me châtie pour expier ma vie tout entière » *?*

70
Journal de Basile

Un p'tit sourire mam'zelle
Un p'tit sourire mam'zelle
Ô vous avez mam'zelle de si beaux yeux
Je vous en prie monsieur
Allez-vous en monsieur
Je ne suis pas ce que vous croyez ce n'est pas sérieux
Vous fâchez pas mam'zelle
Que voulez-vous mam'zelle
Mais quand on est si belle c'est contagieux !

Maurice Chevalier
(Un p'tit sourire mam'zelle)

71
Journal de Basile

Plaire est art, déplaire un privilège.

72
Dans l'ombre de la Tour

- Si je comprends bien le frère Corvus serait le meurtrier des disparues de la Sange ?

Nos trois amis se trouvaient toujours dans la Tour de Beurre, en compagnie du chanoine La Rose qui avait terminé le récit impliquant le chapelain du seigneur de Sully.

- C'est exact.
- Et quel rapport avec les meurtres récents ?
- Attendez, je n'ai pas tout dit. On retrouve le frère Corvus, au moment de la chute de Jacques Cœur car, entretemps, le moine est entré au service du grand financier.

Toujours debout, face au chanoine, dans la grande pièce couverte de livres, un malaise pesait sur nos amis. Quelque chose d'imperceptible, une présence invisible, menaçait la paix des cœurs.

- Grand argentier du royaume, Jacques Cœur est accusé de faire sortir du royaume de l'argent et du cuivre en grande quantité, pour le bénéfice des infidèles. Reconnu coupable des crimes de lèse-majesté, de concussion et d'exactions, la saisie de ses biens est prononcée, avec une amende colossale et le remboursement de sommes gigantesques au Trésor royal.

- Ah, voilà une méthode efficace ! suffoqua Gargarin. On ferait bien de s'en inspirer si on veut combler notre dette publique.

- On l'accusait aussi d'avoir empoisonné la belle Agnès Sorel, la favorite du roi, poursuivit le chanoine, sans prêter attention au commentaire du libraire de Donville.

- Et frère Corvus ? s'inquiétait le père Brun qui voulait comprendre le fin mot de l'histoire.

- J'y viens. On prétend que Jacques Cœur l'avait ramené de son expédition au Levant, où il avait disparu pendant quelque temps.

Un poids invisible pesait sur les âmes. Là, dans l'ombre de la pièce, quelque chose se terrait en silence dans les ténèbres.

- Chose curieuse, et contraire à son état, le moine était devenu immensément riche. Il fit bâtir un hôtel particulier à quelques rues d'ici. Une sorte de petit palais gothique. L'*Hôtel Corvus*.

A mesure que le chanoine avançait dans son récit, une impression de pesanteur se répandait dans les artères de nos amis.

- Dans son palais gothique, il s'adonnait à l'étude des sciences, tout en conservant son titre de chapelain du grand argentier. On murmurait qu'il se livrait à l'étude de la magie noire, et qu'il avait été initié aux mystères sacrées de la lointaine Egypte.

Qui pouvait relater ce qui se terrait là, dans l'ombre de la pièce ? Pourquoi ce sournois malaise dévorait les cœurs ?

- Après la chute de Jacques Cœur, on voulut forcer les portes de l'*Hôtel Corvus*. Le moine avait disparu. On découvrit sur sa table de travail, une traduction inachevée de la *Clé de Salomon*. Mais le plus étonnant, se trouvait à l'étage, dans une pièce immense. Une scène qui fit frémir tous les témoins.

D'où venait ce pénible malaise qui étreignait chacun ? Quelle invisible main s'était glissée dans les poitrines pour empoigner les cœurs ?

- Au sol, un grand pentacle était dessiné. A chaque pointe de l'étoile, était posé un cœur vivant, battant, comme s'il sortait à peine de la poitrine de son propriétaire.

Suffoquant et blême, sous la menace d'une arme invisible, le chanoine balbutia ces mots :
- Les cœurs des *Disparues de la Sange*.

Un léger frémissement avait serpenté dans le dos d'Amanda, lorsque soudain, sans prévenir, un bruit avait envahi la pièce, un appel d'air fouetté par un battement d'ailes. Brusquement, un grand oiseau noir était apparu de nulle part, pour survoler la tête de chacun, avant de se poser sur l'épaule droite du chanoine La Rose. Un grand corbeau, scrutant nos amis en silence, de ses yeux noirs et luisants.

- Et qu'est devenu le frère Corvus, risqua le père Brun qui ne quittait pas le corbeau des yeux.

Le chanoine avait tressailli, comme blessé d'une douleur physique. Son visage prit alors une expression d'égarement, mêlée d'angoisse.

- Il est temps de nous quitter maintenant. Je vous remercie de votre visite.

73
Journal de Basile

*Pablo nous faisait rire. A chaque fois qu'il fumait ses cigarettes exotiques, son curieux visage se consumait comme un petit papier d'Arménie. A l'entendre, il se sentait investi d'un vrai pouvoir de divination. On dégustait ses prophéties. Il était capable d'élaborer des sortes proclamations dont lui seul avait le secret. Il affirmait qu'*Internet *était une invention du diable. Que la Toile allait nous enchainer les uns aux autres comme des esclaves. Que nous allions devenir des suppôts d'un nouvel ordre inhumain. Que nous vivrions bientôt dans une société de surveillance globalisée. Nous, on riait comme des bossus, car on adorait ses élucubrations fumeuses.*

- Les Etats, bien sûr, nous surveilleront, mais surtout les citoyens entre eux ! Ils inventeront des tonnes de trucs insensés. Aux chiottes Orwell, t'es complétement has been *! Ah, ah, vieux George, t'es qu'une graine de* paisano, *de vulgus pecus, un vieux péquenaud ! Le monde qui arrive sera plus*

sophistiqué, plus sournois, plus habile que ton roman pour adolescents boutonneux.

Dorothée levait les yeux au ciel. Grégoire jubilait. Je contemplais Yvoire. Ses cils courbés s'inclinaient comme des jonquilles. Ambroise, lui, semblait méditer les paroles de notre ami Pablo. Moi, je ne savais pas quoi penser. Je ne doutais pas que l'artiste était sous substance. Mais d'un autre côté, tout ce que nous enseignait Baudelaire sur la modernité nous conduisait vers l'inexorable d'un monde sans Beau, sans Vrai, sans Bien. Alors tout était possible. Après tout, la Terreur était fille des Lumières.

-Vous verrez, ils seront capables de greffer des puces dans les cerveaux pour nous contrôler. Ils inventeront des systèmes avec des points pour nous permettre de vivre. Hop, vous n'avez pas assez de points pour acheter une voiture. Est-ce qu'on aura encore le droit de conduire ? Chacun sera lié au monde par des petits ordinateurs. On ne pourra plus se parler de façon naturelle. On ne pourra plus acheter ou vendre sans ordinateur. On ne pourra plus exister en dehors de la matrice.

Dorothée contemplait en silence la bordure impeccable de ses ongles. Sa moue se révélait encore plus laide que jamais. Dans les yeux de Grégoire, brillait un feu dévorant. Je crois qu'il vénérait la folie de Pablo. De son côté, Ambroise ne montrait pas d'émotion, mais un petit pli hâve entre ses yeux me laissait à croire que ses pensées maturaient. Quant à Yvoire, une ombre plus épaisse pesait sur le langoureux vertige de son regard. Une douce tiédeur emplissait mon âme. Ses pupilles nimbées d'émeraude erraient, comme des libellules, dans la frivolité des jours.

74
Jacques Cœur

Marchand auprès du roi, souhaitant élargir son univers, tenté par l'aventure orientale, Jacques Cœur va s'embarquer à destination du Levant dès mai 1432. Il reste l'un des premiers négociants de France centrale à prendre l'initiative d'un contact direct avec les routes du grand commerce oriental. Ce sera l'occasion d'un voyage d'étude où il pourra s'informer avant d'agir personnellement. Suite à ce périple, il sera nommé en 1439 argentier du roi, une sorte de surintendant de la maison royale, chargé de gérer les approvisionnements : vêtements, vaisselle, bijoux, et produits de luxe en tout genre. Peu à peu, il lève une flotte, et installe plusieurs navires dans les ports avec des équipages.

Grand aventurier dans l'âme, Jacques Cœur souhaite *donner bruit au navigage de France*. Ce formidable entrepreneur obtient du roi, le 22 janvier 1444, le droit exceptionnel *d'embarquer de force, moyennant juste salaire, les personnes oisives et autres caïmans se trouvant dans les ports*. Il va pouvoir développer considérablement ses affaires en installant partout des comptoirs et des facteurs. Lors de la période la plus faste de son commerce, il pourra compter, sous ses ordres, tout autour de la Méditerranée, sur plus de 300 facteurs. Outre draps et toiles, sa flotte expédie fourrures et cuirs tannés, mais aussi différents produits de vannerie. En flux inverse, elle ramènera du Levant toutes sortes de produits : vins d'Orient, sucre de candi, réglisse et fruits confits, des épices, tels que poivre, canelle, gingembre, noix muscades, clous de girofle, safran ; de nombreux parfums, tels l'eau de rose de Damas, l'essence de violette ; des textiles de luxe, velours à ramages, soie, parfois tissée avec du fil d'or, ainsi que toute sorte d'objets pour les parures : perles, ivoire, diamants et autre pierres précieuses.

On imagine sans peine la fortune immense qu'il peut amasser en quelques années, au point de se faire de nombreux ennemis et envieux, devant toutes ces merveilles qui font rêver les dames des seigneurs. Après la mort d'Agnès Sorel, qui tentait de le protéger, ses adversaires arrivent à le perdre. Charles VII oublie ses services et l'abandonne à l'avidité des courtisans et des débiteurs, qui vont bientôt se partager les dépouilles de son bel empire financier. Après un procès inique et interminable, il est enfermé au château triangulaire de Poitiers. Est-il utile de préciser qu'il va s'évader, grâce aux bons soins du frère Corvus qu'il a ramené du Levant ? Il se réfugie à Beaucaire, chez les frères franciscains, puis gagnent Rome, avec son fils et son neveu, où il est accueilli par Nicolas V, le pape fondateur de la bibliothèque vaticane.

Soigné par les médecins du pape, il tente de réunir les débris de sa fortune, avant de préparer, à la demande du nouveau pape Borgia, Calixte III, une expédition sur l'île génoise de Chios, menacée par les Ottomans. Il reçoit, après Charlemagne ou Philippe VI de France, le titre de *Capitaine général de l'Eglise*, comme après lui César Borgia ou Julien de Médicis ; autrement dit le titre si prestigieux de commandant en chef de l'armée papale. Blessé lors de la campagne de Chios, il meurt le 25 novembre 1456. Son corps est enseveli au milieu du chœur de l'église des Cordeliers de la ville de Chios, qui sera détruite ensuite par les musulmans. Dans ses lettres datées du 5 août 1457, le roi Charles VII déclare *que Jacques Cœur était mort en exposant sa personne à l'encontre des ennemis de la foi catholique.*

Et le frère Corvus ? Nul ne sut ce qu'il était devenu. L'avait-on vu au siège de Chios ? Certains témoins affirment qu'il avait assisté Jacques Cœur jusqu'au seuil du trépas. D'autres démentent cette version. Personne ne sait comment il aurait pu quitter l'île. L'avait-on vu dans les rues de Bourges après la mort de son protecteur ? D'après certains, il continuait de se livrer à l'étude de la magie. Selon des rumeurs insensées, qui persévéraient à courir dans les campagnes du Berry, le moine sulfureux se transformait en animal : taureau blanc, veau d'or, dragon, oie, poule noire, truie blanche, pour venir escorter les abondantes *chasses à baudet*, lesquelles émettent un bruit semblable, affirmait George Sand, à celui de ces nombreux ânes qui braient. Quelques esprits, parmi les plus agités, prétendent même que la *grand'bête*, qui se promène la nuit et effraie les troupeaux dans les métairies, n'est rien d'autre que l'âme en déshérence du Frère Corvus. Pourquoi les chiens crient et fuient devant cette bête ? Chacun sait qu'elle possède un savoir magique, qu'elle est dotée d'un don pour entrer en communion avec tous les autres esprits mauvais de la forêt. Et que ces cris, ces hurlements, ces miaulements sauvages de la *chasse à baudet*, ne sont que les plaintes effrayées des *Disparues de la Sange*. Qui oserait se moquer de cette chasse fantastique ? Chacun sait que tout ce tintamarre est produit par le Diable et son suppôt Corvus quand ils conduisent les âmes en enfer. Mais tout ceci, vous en avez bien conscience, ne sont que des racontars, et il va de soi, cher lecteur, que nous ne pouvons prêter foi à de telles rumeurs.

75
Journal de Basile

Un bel été, Ambroise m'avait embarqué en Grèce. On avait ri, on avait bu, on avait chanté. De l'ouzo, du soleil et des jolies filles. La sensualité grecque avait dardé nos yeux. Partout je pensais à Phryné, le plus beau modèle de Praxitèle, à sa poitrine magnifique, dévoilée par Hypéride devant le tribunal de l'Héliée, au cours d'une péroraison habile où l'orateur fit valoir la beauté sacrée de l'accusée, la parant du titre pompeux d'interprète et sacristine d'Aphrodite. *Geste insensé qui avait reçu la clémence des juges. Nous cherchions d'autres Phryné pour caresser nos yeux. Les filles des villes et des villages nous offraient des sourires que je n'oublierai jamais. La Grèce est la civilisation du soleil, de la mer et des femmes. Ce pays peut rendre fou les esprits les plus raisonnables. Pauvre Pâris. Héra, Athéna ou Aphrodite ? Comment choisir ? La Guerre de Troie était inévitable.*

Je me souviens d'un pope en soutane noir, qui fumait la pipe sous sa coiffe, en roulant la poussette de son enfant à côté de sa femme. Aux

Thermopyles, *nous avions juré devant Léonidas de défendre la civilisation occidentale. Dans les rues de Thessalonique, après quelques verres d'ouzo, j'avais embrassé un feu rouge, chantant à tue-tête :* Nous irons pendre notre linge sur la ligne Siegfried. *Dans les bois d'Olympie nous avions sauté par-dessus les ruines, à Sparte, la plaine avait absorbé nos regards en silence, et à Delphes, le soleil avait tapé sur nos têtes. Partout nous étions enchantés, ensorcelés, envoûtés. Un vif éclair de foudre sur le Mont Olympe nous fit comprendre que Zeus en personne tenait à nous saluer. Le tombeau des Atrides à Mycènes nous renvoyait aux pièces de Racine avec ses tragédies inextricables, ses héros dédaléens, ses destins géométriques diaboliques : Oreste aime Hermione, qui aime Pyrrhus, qui aime Andromaque, qui aime Hector, qui est mort.*

Le plus étonnant reste encore notre visite à l'Acropole. A multiples enjambées nous avions galopé sur la colline. Les marbres blancs luisaient sous un soleil mythologique. A nos pieds, Athènes ronronnait dans la touffeur. La ville nous avait paru laide, défigurée par la longue occupation ottomane. Dans les rues, des camelots de revues pornos étalaient leur marchandise avec une impudeur crasse. Ce spectacle vulgaire tranchait avec la beauté des ruines, des temples et des femmes grecques. Comme ce petit buste d'Adolphe Hitler, vu dans le fatras d'un antiquaire à Thessalonique, jurait avec la patrie de la démocratie. C'est alors que, dans l'escalier nous conduisant au Parthénon, tandis que la mer Egée apparaissait au loin, nous avons croisé, nez à nez, un étudiant de notre fac, un gars totalement insignifiant (Vous savez, ce genre de type qu'on adore détester), un vrai beauf qui ressemblait à Stephan Edberg, champion de tennis suédois, et la seule présence de ce Viking sur la terre sacrée de l'hellénisme avait brisé la flèche de notre enthousiasme.

*Un soir, à Thessalonique, au balcon d'un bar situé à l'étage, le long des quais, j'écoutais Ambroise, déjà chauffé par un verre d'*ouzo *:*
- Zeus ne manquait pas d'humour. Pour calmer son épouse, Héra, il avait donné au fruit de son adultère avec la belle Alcmène, le nom de gloire d'Héra, *c'est-à-dire celui d'Héraclès. Au début, l'enfant s'appelait Alcide, mais furieuse d'avoir été trompée par son mari, la femme du dieu suprême poursuivait l'enfant de sa haine. Bon, il faut dire qu'Héra étant la divinité grecque du Mariage, ça la foutait mal. C'était plutôt raté.*

Sous nos yeux, dans la douceur du soir, la mer Egée ballotait ses flots mordorés. Nos yeux illuminés par la beauté du monde contemplaient ces merveilles grecques, comme, avant nous, les yeux d'Agamemnon, de Miltiade et de Thémistocle les avaient admirées, pleins d'espérance, à la veille de chaque victoire.

- La fille des Titans Cronos et Rhéa symbolisait pourtant la grandeur et la souveraineté maternelles. Mais, une nuit la déesse envoie deux serpents pour tuer l'enfant, qui découvre alors sa force extraordinaire et se débarrasse sans difficulté des deux intrus. C'est après cet incident déplorable que Zeus décide de renommer l'enfant du surnom de Gloire d'Héra, *qui va grandir et se marier.*

Sur les quais grouillait l'agitation du soir. Des cris, des klaxons, des échos de moteurs. Il bruissait une fureur tout achéenne. Et nous étions, tous deux, immuables et heureux, bercés par la faveur des dieux, grisés dans la contemplation des splendeurs du royaume de Poséidon.

Ambroise avait sifflé son troisième verre d'ouzo et je voyais bien que les lumières du port brillaient dans ses prunelles qui papillonnaient joyeusement :

- Dans un moment de folie, inspiré par la ruse de la déesse, Héraclès va tuer sa femme Mégara et ses fils. Une boucherie. Tu te rends compte ? Sa femme et ses fils !

Un air malin et suave caressait nos visages. Un vent de sensualité agitait nos pensées. Des filles en tenues légères et moulantes, passaient sous nos yeux. D'autres riaient aux tables d'à côté. Partout des beautés à choyer. Il flottait dans la rumeur du soir un je ne sais quoi de diabolique.

- Quand il revient à la raison, le héros va consulter la Pythie pour savoir comment expier sa faute. L'oracle lui ordonne de se mettre au service de son plus vieil ennemi, Eurysthée, pour accomplir les tâches qu'il ordonnera

- Ce sont les Douze Travaux.

- Oui, les Douze Travaux d'Hercule, *pour les Latins.*

J'avais pensé au petit billet des Frères Karamazov, et au père de Maurice. « Je me châtie pour expier ma vie tout entière ».

- Qui se souvient aujourd'hui que l'un des épisodes parmi les plus célèbres de la mythologie occidentale est commandé par un acte d'expiation publique ? Qui se rappelle qu'une des sources iconographiques majeure de l'art occidental est générée par l'acte d'expiation d'un héros, qui doit payer pour son crime par la souffrance de son corps exposé aux travaux de force, comme ceux d'un forçat ?

Et Ambroise commanda un quatrième verre d'ouzo.

76
La toccata

En descendant l'escalier de la Tour, nos trois amis furent happés par la puissance d'une musique brillante, marquée par un souci de clarté mélodique et de profusion généreuse, menée avec talent, dans une allure ample et décidée.

- La *Toccata et suite pour orgue* de Denis Bédard ! s'extasia le père Brun, tandis qu'il prenait pied dans la nef de la cathédrale.

Admirable par ses proportions et la qualité de son acoustique, la cathédrale Saint Etienne de Bourges, construite de la fin du XIIème siècle à la fin du XIIIème siècle, demeure l'un des grands chefs d'œuvre de l'art français.

- Je ne connais qu'une seule paire de mains capable de jouer avec cette intensité, avait murmuré le moine, visiblement intrigué.

- Quoi ? s'écria Gargarin, qui semblait avoir reconnu le toucher de l'organiste, se redressant d'un bond, sans pouvoir contrôler son état de surprise.

Le tympan de l'édifice, ses sculptures et ses vitraux étaient particulièrement remarquables. Par-delà sa beauté architecturale, ce vaisseau de pierre continuait, devant la face des siècles, à témoigner avec splendeur de l'apogée du christianisme dans la France médiévale. Un plan simple et harmonieux, avec cinq nefs, des chapelles autour du chœur, des arcs-boutants à double volée, permettant l'absence de tribunes et l'emblavage d'une lumière égale dans toute la nef, y compris les collatéraux.

- Mais que regardez-vous ? avait interrogé Amanda qui observait ses amis nez en l'air, tournés vers la tribune d'orgue.

- C'est elle ! avait lâché Gargarin, avec, dans les yeux, une petite lueur étrange, ne pouvant se défendre de la lutte qui s'étaient emparée de son cœur, entre fureur et joie, dans un raffut de tous les diables.

La musique chantait avec une sonorité claire sous les voûtes séculaires. Après quelques minutes, le récital prit fin, et nos amis entendirent un pas qui descendait de la tribune d'orgue, le pas d'une petite femme, qui apparut rieuse, légère, dégagée, comme dévalée d'un nuage de l'Olympe.

- Mais que faites-vous ici ? s'atermoya notre libraire, avec une sorte d'atteinte maladroite, et sans autre forme de politesse.

- J'ai été invitée à jouer par mon ami Pierre, le titulaire de Saint Etienne, chuinta la demoiselle, sur le ton d'un oiseau qui annonce le printemps, ne cachant pas sa joie de revoir ses amis.

- Non, mais ici, à Bourges ? reprit Gargarin sous le coup d'une incompréhension totale. Je vous avais demandé de garder la librairie !

Un joli sourire avait ensoleillé le visage de Melle Martin, l'organiste de Donville-sur-Mer, un de ces sourires qu'on réserve à ses amis, quand on veut à la fois les tourmenter par une réponse qui les tracasse et les épater par une assurance irréductible.

- Votre ami Anselme, libraire à Honfleur, a proposé de me remplacer pendant une semaine.

- Mais qui le remplace à son tour ? considéra Gargarin qui ne discernait aucune logique dans cette opération.

- Sa librairie est fermée pour travaux suite à un dégât des eaux, il avait peur de s'ennuyer.

Bouche bée, Gargarin scruta le sourire de la jeune femme, si fière de lui démontrer qu'elle faisait preuve, pour une fois, d'un sens aiguisé des réalités.

- Il faut bien reconnaître que l'orgue de Saint Etienne donne de la voix, ajouta triomphalement la petite organiste, mimant en l'air de ses petites mains le jeu qu'elle venait de produire là-haut.

- Venez ! décocha le père Brun, entrainant la petite troupe à l'extérieur de l'édifice, pour en tirer le principe d'une conclusion. Et, poussant la porte d'une taverne, à quelques pas de là, le franciscain proclama joyeusement à sa compagnie :

- Allons fêter ça dignement !

77
Journal de Basile

La mort d'Yvoire nous avait heurtés de plein fouet. Nous nous étions retrouvés dans l'église, désemparés, avec des cravates sombres. Dorothée et Grégoire portaient des lunettes noires. Le prêtre avait répandu beaucoup d'encens. Puis, avait parlé lentement du Paradis. Sa mère était livide. Une chorale chantait des mièvreries. Son père, où était-il ? Là-bas, décomposé dans la pénombre. Après l'office, chacun s'était salué tant que faire se peut. Emotions mal contenues. Politesses mécaniques. Au fond du cimetière, je me souviens que le cercueil était grand. Trop long. Immense. Grégoire n'avait pas souhaité se joindre à nous pour la bénédiction. Ambroise m'avait passé le goupillon avec un regard embarrassé, au nom du Père, et du Fils, et du Saint Esprit.

Dans l'enclos, il faisait froid. Nous restions blottis les uns contre les autres, comme des petits oiseaux. La famille d'Yvoire était en miettes. Sa mère gloussa quand le cercueil descendit dans le grand trou noir. Dorothée la tenait par la taille.

Ambroise s'ébrouait comme un vieux cheval. Moi je ne disais rien. On a récité une dernière prière, avant de lui jeter des fleurs. Quelques étudiants s'étaient déplacés. Quelques professeurs aussi. Un vol de pigeons avait fendu le ciel. A côté de la fosse, un grand saule agitait ses larges feuillages. Echo lointain, survenu de nulle part, j'entendis au plus profond de moi les notes d'un concerto de Grieg , *une œuvre pour violoncelle et piano.*

78
Journal de Basile

Chacun sur terre
Se fout, se fout
Des p'tites misères
De son voisin du d'ssous
Nos p'tites affaires
À nous, à nous
Nos p'tites affaires
C'est c'qui passe avant tout
Malgré tout c'qu'on raconte
Partout, partout
Qu'est-ce qui compte en fin d'compte
C'qui compte surtout, c'est nous
Chacun sur terre
Se fout, se fout
Des p'tites misères
De son voisin du d'ssous.

Maurice Chevalier
(Quand un vicomte)

79
Un objet indéfini

Tout mécaniste que fut son esprit, jamais Maingloire ne pouvait se départir d'un certain clou d'appréhension, une sorte de point de côté qui se serait enfoncé dans son crâne. Il se pencha sur le dossier, dont la couverture restait aussi froide que le marbre recouvrant le cénotaphe du Dante, au cœur de l'église Santa Croce à Florence. Tout gisait avec froidure dans son crâne bouillonnant. Le cerveau comme les idées. Néanmoins, l'inspecteur se lança dans l'examen de chacune des pièces avec force curiosité, sans remarquer le chemin que prenait sa raison. L'esprit inquiet, douloureusement tendu, il éprouvait en même temps un besoin extraordinaire de distraction. Non, ces trois meurtres ne lassaient pas de le hanter. D'abord Mélanie, la logeuse, puis la pédiatre du Centre hospitalier, et maintenant ce troisième crime, car il y en avait eu un troisième, la veille au soir. Encore une femme, à qui une main experte et anonyme avait arraché le cœur pour le faire disparaître. Pourquoi ce rituel avec chacune des victimes ?

Loin de tenter aucun effort pour se soustraire à ce supplice nerveux, il voulait relâcher son esprit pour s'abandonner passivement au divertissement, repoussant d'un violent dégoût les questions sans réponse qui se pressaient avec obstination, dans son âme de fer et son cœur de plomb. Au milieu de l'abattement, de sa répugnance, ou de son marasme mental, l'inspecteur éprouvait des moments où son cerveau s'enflammait tout à coup, sans raison, où toutes ses forces vitales pouvaient atteindre un degré prodigieux d'intensité. Penser, nous dit Kant, c'est connaître au moyen de concepts et ceux-ci, nous précise le philosophe prussien de Königsberg se rapportent, ainsi que des prédicats de jugements possibles, à quelque représentation d'un objet encore indéterminé. Ainsi l'esprit de Maingloire gisait dans cet état pensant, devant la représentation d'un objet indéterminé.

Mais la sensation de la vie, de l'existence consciente, était presque décuplée dans ces instants rapides comme l'éclair. Une clarté extraordinaire illuminait son esprit mécanique et son cœur plombé. Toutes les agitations se calmaient ; tous les doutes, toutes les perplexités se résolvaient d'emblée en une harmonie supérieure, en une tranquillité sereine et ardente, pleinement rationnelle et motivée. Ah cette seconde où tout s'éclairait ! Un jugement, nous dit le philosophe prussien de Königsberg, est nommé *problématique* lorsqu'on admet l'affirmation ou la négation comme purement possibles. Toutefois, ces moments radieux n'étaient encore que le prélude de la seconde finale, ce moment précieux et unique auquel succédait immédiatement l'accès. Oui, cette seconde, assurément, était inexprimable ! Un éclair. Mais après cet éclair, mon Dieu ! après ce suprême moment de conscience, où affirmation et négation devenaient possibles, il sombrait dans une vision insupportable, devant la représentation de l'objet qui devenait brusquement défini. Et c'était toujours la même image qui remontait jusqu'à la surface de sa pensée consciente, cette image entêtante qu'il détestait copieusement, parce qu'elle affirmait, à ses yeux décontenancés, le triomphe du mystique sur le rationnel, la suprématie de l'intuition sur le concept, la préexcellence de l'inspiration devant l'entendement : l'image d'une bure de franciscain et le visage grec d'un moine barbu. Alors, de colère, Maingloire prenait le dossier pour le jeter de l'autre côté de la pièce.

80
Journal de Basile

On n'avait pas vu Yvoire depuis quelques mois. En convalescence pour je ne sais quelle maladie. Personne n'avait posé de question. Moi, j'étais curieusement soulagé de ne plus la savoir avec Olivier. Puis, j'avais affreusement honte de nourrir de telles pensées. Pendant quelques temps, on avait évité de se réunir au Capitole, sans raison précise, peut-être à cause des souvenirs. J'avais repris le chemin de cours, par crainte de cogiter, et parce que je voulais échapper au silence de ma chambre. Joseph, pour me réconforter, m'avait invité à boire un café chez lui. On avait fumé en silence un grand narguilé dans sa petite chambre. Joseph, un étudiant libanais qu'on fréquentait de temps en temps. Puis on était sorti en ville pour tromper notre mélancolie. Je le voyais boire de l'alcool pour la première fois. Il avait commandé le whisky préféré de Grégoire.

Joseph était bienveillant, fraternel, presque affecté. Je crois qu'il voulait surtout m'offrir un peu de sa chaleur humaine. Il avait perdu beaucoup d'amis, lui aussi, des membres de sa famille, dans le chaos de la guerre au Liban. Combien de verres avions-nous bus ? J'avais écouté le récit de son cousin, torturé à mort par le Hezbollah. Puis il évoqua son frère lapidé parce qu'il était chrétien. On exigea d'autres verres. Sa voix était limpide, calme. Il ne s'énervait jamais. Sa compagnie avait un effet apaisant, comme la présence d'un platane large et élevé. Quand je fermais les yeux, à ses côtés, je voyais un bel ombrage, où ondulait un agnus-castus avec ses rameaux élancés, tout en fleur, embaumant l'air auprès d'une source qui coulait, sous le chant des cigales, et puis un beau gazon donnant envie de s'étendre au milieu d'une herbe touffue, pour reposer mollement la tête sur ce terrain incliné, comme au tout début du Phèdre *de Platon.*

81
Le Roman de la Rose

- Nous sommes peut-être face à la secte des *Fidèles d'Amour*.
- De quoi parlez-vous ?
- C'est tout de même bizarre ce nom de La Rose. Vous ne trouvez pas ?

Après les retrouvailles, nos amis discutaient en l'absence du père Brun.

- A propos du chanoine ? interrogea Melle Martin, en jetant un œil du côté d'Amanda. Qu'est-ce qui vous dérange Gargarin ?
- Un détail géographique.

Les deux jeunes femmes s'échangèrent des regards perplexes.

- La Sange est située à moins de 20 kms de Lorris, et non loin de Meung. Vous ne trouvez pas que c'est curieux ?

Les deux femmes froncèrent les sourcils.

- Guillaume de Lorris et Jean de Meung !
- *Le nom de la Rose* ? s'était empressée de questionner Amanda. Ah, je me souviens du film avec Sean Connery !

- Vous confondez avec l'œuvre d'Umberto Eco. Je voulais évoquer le *Roman de la Rose*.

- Ah, désolée, fit Amanda, contrariée.

- Un des plus grands succès du Moyen-âge, fourmillant de symboles ésotériques, répliqua Melle Martin, qui ne voulait pas sembler de côté.

- Nous sommes ici au cœur d'une contrée où ésotérisme et sorcellerie s'affrontent depuis la nuit des temps. Le *Roman de la Rose* évoque cette lutte des *Fidèles d'Amour*.

Puis, Gargarin, après avoir jeté des regards à la ronde, comme pour vérifier qu'un corbeau n'était pas tapi dans l'ombre :

- Vous connaissez Dante Rossetti, le peintre fondateur du préraphaélisme ?

- Oui, répliqua Melle Martin.

- Son père l'avait prénommé Dante, parce qu'il était lui-même un poète italien, critique, érudit et spécialiste des questions ésotériques.

- Et donc ?

- Il a développé une théorie sur Dante qui mérite d'être étudiée.

- Et que dit-elle précisément ?

- Dante aurait été l'un des supérieurs de la *Confrérie des Fidèles d'Amour*, un ordre initiatique composé par les poètes médiévaux, à la fois italiens et provençaux. Ses poèmes distillerait un langage accessible aux seuls membres de la *Confrérie*.

- Mais pourquoi ?

- Les *Fidèles d'Amour* utilisaient un langage codé pour communiquer entre eux sans pouvoir être découverts par les autorités ecclésiastiques.

- Quel genre de langage ?

- Les personnages féminins symbolisaient aussi bien la doctrine sapientielle que les différentes confréries auxquelles appartenaient les poètes.

- Mais quel était le but de cette confrérie ?

- Le but recherché par les *Fidèles d'Amour* était d'obtenir la *Sainte Sapience*, symbolisée par la Rose. Dans leur langue, e*mbrasser la Rose* signifiait obtenir la Sagesse divine.

- *Embrasser la Rose !* bissa Melle Martin, en souriant comme un enfant malicieux.

- Selon Gabriele Rossetti, ces poètes italiens de la fin du Moyen-âge, furent les continuateurs des troubadours et des trouvères français.

- *Embrasser la Rose !* réitéra la jeune femme comme un lutin espiègle.

- Il pensait qu'ils avaient puisé leur doctrine dans d'antiques traditions égyptiennes et grecques, transmises à travers les siècles aux manichéens, aux patarins, mais aussi aux poètes siciliens de la Cour de Frédéric II.

- *Embrasser la Rose !* martelait sur un ton plein d'ironie Melle Martin.

- Rossetti conclut que Dante aurait été lié à la philosophie pythagoricienne, gardée en Orient, puis venue chez nous à la suite des Croisades, pour se trouver transmise aux poètes italiens, jusqu'à la

Renaissance, avant de renaître au XIXème, après la période romantique, avec les Rose-Croix.

- Tout ceci est délirant !

Gargarin considéra sans concession Melle Martin qui se dressait sur son siège.

- Alors vous pensez que le chanoine La Rose est un membre de cette confrérie ?

Le libraire accusait la charge de l'organiste avec stoïcisme. Il répondit d'une voix basse :

- Il est peut-être la réincarnation de Dante, de Guillaume de Lorris ou de Jean de Meung ?

- Vous n'avez pas honte ? Si le père Brun était là, il vous botterait les fesses ! avait menacé la jeune organiste avec fermeté, comme si elle voulait exprimer son désir de le faire elle-même. D'ailleurs où est-il ?

- Je crois qu'il consulte des ouvrages dans les archives de la cathédrale, précisa la policière.

- Enfin, voyons, s'agitait Melle Martin sur le dos du libraire, vous savez bien que la réincarnation n'existe pas !

Puis, devant la figure passablement agacée du libraire, elle planta une nouvelle banderille.

- Et pourquoi pas la réincarnation du frère Corvus, tant que vous y êtes ?

- Ah non, c'est impossible.

- Et pourquoi donc ?

Gargarin jeta un nouveau regard circulaire, pour s'assurer que personne ne se tenait caché dans l'ombre :

- Non. C'est impossible. Parce que *Corvus*, en latin, veut dire *corbeau* !

82
Journal de Basile

La métaphysique des simples est une injure au repos de l'âme. Ambroise était le seul à initier d'autres sujets. La plupart des étudiants rêvaient de carrière, d'argent et de sécurité. Son goût des livres le portait vers une carrière spéculative. Il aimait le sport et les voyages, et même la politique. On se voyait moins depuis la mort d'Yvoire. Il étudiait la poésie médiévale, martelant que notre époque était plus féroce que le temps béni des troubadours. Moi je me vautrais dans les romans de Paul Morand. Il me lisait des vers de Pétrarque, de Chaucer, de Villon, de son souffle juvénile, glorifiant la rudesse enfantine de ces langages naissants.

Un beau soir, Dorothée m'avait demandé de l'accompagner au cinéma. Elle était vêtue d'un merveilleux manteau bleu ciel. Un châle rose en cachemire couronnait ses épaules. Quel était le titre du film? Aucune idée. Depuis la mort d'Yvoire, je regardais plus Dorothée de la même façon. Je la désirais brutalement. La disparition de notre amie avait rompu toutes les digues de ma retenue. Elle n'était devenue ni plus belle, ni moins gracieuse, mais un autre sang coulait dans mes veines. Elle s'était penchée vers moi, pendant le film, dans l'obscurité, pour me chuchoter quelque chose. Je ne sais plus ce qu'elle m'avait dit. Sans doute des banalités. Ses cheveux avaient frôlé ma joue et le côté de mon front. J'avais tremblé. Un léger tour de tête, un simple geste de nuque, et ma bouche pouvait s'unir à la sienne. La caresse des cheveux m'avait électrisé. Miroitant toute la lumière de l'écran, son profil découpait les ténèbres. Elle irisait un désir mythologique.

Fureur. Une violence inouïe excita mon sang. Je voulus empoigner son corps souple. M'en emparer tout entier. J'avais envie de la saisir par les épaules, afin de la faire glisser vers le sol, au bas des sièges. J'étais pris d'un émoi compulsif. Tout mon être aspirait à rouler par terre avec elle, dans un corps à corps diabolique. Jamais une telle animalité n'avait aiguisé mes sens. Allais-je céder à cet appel sauvage qui montait en moi depuis les ténèbres de la préhistoire ? Subitement, j'entendis sa voix, une voix frêle, vulnérable, qui éclairait les images du film. C'était la fin. Je me souviens de l'héroïne bouffie dans une robe de mariée, une sorte de meringue laiteuse. Dorothée avait lancé un petit cri d'effroi qui avait résonné dans toute la salle :

- Tu as vu sa robe ? Quelle horreur !

83
Journal de Basile

Ah! Si vous connaissiez ma poule
Vous en perdriez tous la boule
Ses petits seins pervers
Qui pointent au travers
De son pull-over
Vous mettent la tête à l'envers!
Elle a des jambes faites au moule
Des cheveux fous, frisés partout
Et tout et tout
Si vous la voyiez
Vous en reverriez
Ah! Si vous connaissiez ma poule

Maurice Chevalier
(Ah si vous connaissiez ma poule)

84
La procession

- Quelque chose ne colle pas !
- Que voulez-vous dire ?
- Cette histoire de procession à Bourges pour les *Disparues de la Sange*.
- Eh bien ! Qu'est-ce qui ne colle pas ?

Gargarin avait besoin de partager ses doutes avec ses amis. Sa voix trahissait une légère émotion peut-être instillée par une pointe d'atélophobie.

- Tout d'abord, le libraire m'a parlé d'une procession, peinte dans *Les Très Riches Heures du duc de Berry*, qui ne représenterait pas celle de Saint Grégoire, à Rome, comme elle était censée le faire, mais plutôt une prière en mémoire des victimes de la Sange.

- Oui, et alors ? répondit Melle Martin qui ne cernait pas ce que voulait exprimer Gargarin.

- Et alors ? Mais les frères de Limbourg, les peintres des *Très Riches Heures*, sont tous décédés de la peste en 1416, comme le duc de Berry.

- Et alors ?

- Et alors ? S'il faut en croire le chanoine La Rose, l'affaire des disparues serait attribuée, dans un premier temps, à une bande d'*Ecorcheurs*.

- Et alors ?

- Et alors ? Ces voyous d'*Ecorcheurs* se sont fait connaitre à partir des années 20 du XVème siècle. Comment expliquez-vous que la procession peinte avant 1416, se rapporte à un événement survenu à partir des années 1420 ?

Un lourd silence avait pesé sur les têtes en présence, lorsque le père Brun prit la parole.

- J'avais relevé ce détail, moi aussi, et je suis allé vérifier dans les chroniques de la cathédrale.

Les têtes se tournèrent d'un seul élan vers le franciscain. Chacun connaissait son sens précieux de l'analyse, et ne doutait pas qu'il avait déjà conçu la solution.

- Il se trouve justement que le manuscrit des *Très Riches Heures* a subi deux modifications. La première, dans les années 1440, par un anonyme, dont certains historiens pensent qu'il pourrait s'agir de Barthélémy d'Eyck.

- Et l'autre ? sondait Amanda, non sans une pointe de lyrisme joyeux, toujours admirative des qualités du moine.

- La deuxième dans les années 1485-86, à la demande du duc de Savoie, par Jean Colombe, le frère du célèbre sculpteur Michel Colombe, à qui l'on doit, notamment, le magnifique tombeau du dernier duc de Bretagne, dans le transept sud de la cathédrale de Nantes.

- Ce qui veut dire que la procession a pu être peinte après les années 1420, martela Melle Martin en fixant Gargarin, par un petit regard de biais.

Le libraire avait saisi sa pinte de bière, pour en descendre le fond d'un seul trait. Ses gros yeux clignaient avec insistance.

- Quand je pense que les mots *tabernacle* et *taverne* ont la même origine !
- Qu'est-ce que vous dites ?

Nos amis étaient attablés dans une taverne du vieux quartier de la cathédrale qu'ils avaient déjà investie la veille. Depuis qu'ils s'étaient retrouvés le jour précédent, ils ruminaient après leur visite au chanoine La Rose.

- Mais pourquoi parlez-vous de tabernacle ?
- Parce que nous sommes dans une taverne !

Gargarin associait souvent des mots et des idées, en dehors de tout rapport avec la conversation en cours. C'était une manière de trouver un refuge contre des arguments qui le contrariaient.

- Le tabernacle, demandait Amanda, c'est bien la petite armoire sur les autels, dans les églises, pour abriter l'Eucharistie ?
- Exactement. A l'origine, c'était la demeure de l'*Arche d'Alliance*, où se trouvaient déposées les *Tables de la Loi*, précisa le père Brun, avant la construction du temple de Salomon.
- Tabernacle vient du latin *tabernaculum*, forme diminutive de *taberna*, qui signifie *tente*.

- Ah, je comprends mieux, le tabernacle et la taverne sont tous les deux des abris, avait clamé la jeune organiste de Donville, dont le visage affichait l'hilarité de ceux qui ont trempé leur joie dans un verre un peu trop rempli.

Le libraire avait commandé une autre bière pour marquer sa petite victoire. Mais l'ombre d'une certaine obstination couvrait son visage.

- Cette histoire ne tient pas debout ! Dussé-je me faire trappiste, comme Monsieur de Rancé, je maintiens que cette histoire ne tient pas debout !

La voix de Gargarin était sourde et appuyée, ce qui annonçait sa volonté d'en découdre.

- J'avoue que cette image des cœurs battant autour d'un pentacle me laisse sans voix.

- Il ne faut pas mésestimer les pouvoirs de la magie, objecta le père Brun, qui demeurait pourtant le plus rationnel des quatre.

- La magie ? fit écho Melle Martin.

- Si je vous disais que le Diable peut surgir à tout moment dans nos vies, ajouta le moine sur un ton grave, tandis que la porte de la taverne s'ouvrait, pour laisser entrer dans la taverne, deux visages qui ne portaient pas la joie de vivre sur leurs sombres faciès.

85
Journal de Basile

Toujours ces troubles du sommeil. Bondir. Sous les draps de mon lit. S'éveiller en sursaut, se croire passager clandestin d'un cargo en dérive, tressaillir de sueur, frissonner, se tremper. Fièvres imaginaires ? Silence. Aucun bruit. Noir. Il faisait une nuit noire, si noire que j'avais l'impression de divaguer avant le Fiat lux. *Quel sentiment affreux de penser que la lumière a disparu à jamais ! Que le règne des ténèbres a étendu son pouvoir sur la terre. Je tremblais. Froid. J'avais froid. Très froid. Impossible de me lever. Autour de mon lit, des vertiges. En vain, je repoussais les offensives d'un tourbillon insurmontable.*

« Nul ne sait éviter le ciel qui mène à cet enfer ». *Lui aussi avouait dans ses* Sonnets. *Je l'entendais frapper aux portes de mon esprit, ce William de malheur que j'adulais comme un frère. Lui aussi, il avait déliré, proie d'une incessante agitation. Il avait déraillé frénétiquement. La nuit, mes pensées géminaient d'un autre monde. Celui des fous, des mystiques ou des poètes. Le spectre d'Yvoire apparaissait aux murs de ma chambre. Je pleurais de joie et d'angoisse. Je la voyais, non point pâle mais plus blanche que la neige. La mort elle-même paraissait plus admirable sur son beau visage. Envoûté par cette vision fantomatique, la frayeur et l'allégresse m'arrachaient des larmes. Et quand au petit matin, jeté au bas du lit par mes fièvres, je me rappelais qu'elle était morte, je restais moins abattu que paralysé, d'abord par le feu glacial de mon désir, ensuite par le spectre d'Yvoire qui venait peut-être me hanter sous les traits de son amie.*

Parfois je rêvais de Grégoire. Je le voyais heureux et souriant, si différent dans la vie. Au volant de sa voiture, celle qui l'avait accompagné jusqu'au seuil de l'autre monde, il m'invitait à m'asseoir avec eux. Je distinguais parfaitement les détails du tableau de bord. Assis de trois quart, il tenait son volant d'une main, et ouvrait la paume de l'autre main pour m'inciter à le rejoindre. Mais je refusais de monter à bord, criant de toutes mes forces qu'il était dangereux de rouler dans ce cabriolet maudit, parce qu'on risquait de mourir. Et lui gloussait comme un enfant qu'on chatouille. Et je hurlais, aussi loin que possible, afin de le mettre en garde, tandis qu'il riait de plus en plus fort. Enfin, il démarrait son moteur avec une rage infernale, avant de s'ébrouer sous un éclat de rire diabolique, et demeuré sans voix sur le bord de mon lit, je le regardais s'évanouir dans la nuit.

Peut-on dire que la vie avait changé ? Le petit monde des étudiants s'activait sur les bancs de la faculté comme un essaim au fond de sa ruche. Dorothée trimbalait Belle du Seigneur *dans tous les couloirs, prenant bien soin d'exhiber la couverture. Elle déployait de si petits pas qu'on la pouvait croire enserrée dans un corset métallique, repliée, renfermée, ombrageuse corolle au crépuscule. Elle restait distante, rêveuse, assez loin de nous. Plus je la voyais s'éloigner, plus je pétrarquisais malgré moi, ne sachant pas comment la rejoindre, comme si je courais après le spectre d'Yvoire, avec la crainte de lire dans ses yeux les premiers indices d'un sentiment rétroverti.*

    Béni soir le jour et le mois et l'année
    La saison et le temps, l'heure et l'instant
    Et le beau pays le lieu où je fus atteint
    Par deux beaux yeux qui m'ont tout enchainé.

86
Journal de Basile

Tap, tap, tap, disent
Le matin les petits souliers de sapin
Tap, tap, tap, faut te réveiller
Te lever, travailler
En marchant les midinettes
Semblent faire des claquettes
Et tout le jour on entend
Ce bruit si éloquent
Il chante la vie
Il est nerveux, il est rigolo
C'est de l'euphorie
Que sa musique vous met dans la peau
J'aime le tap, tap, tap des semelles en bois
Ça me rend gai, ça me rend tout je ne sais quoi
Lorsque j'entends ce rythme si bon
Dans mon cœur vient comme une chanson
Tap, tap, tap, c'est le refrain
De la rue pleine d'entrain
Tap, tap, tap, la symphonie
Des beaux jours moins vernis
Ça claque, ça vibre et ça sonne
Plus gaiement qu'un clackson

*C'est le rythme parigot
Du sourire en sabots
Quel charmant vacarme
Font ces milliers de petits souliers
Les femmes ont du charme
Maintenant jusqu'au bout des doigts de pied.
J'aime le tap, tap, tap des semelles en bois
Ça me rend gai, ça me rend tout je ne sais quoi
Lorsque j'entends ce rythme si bon
Dans mon cœur vient comme une chanson*

*Maurice Chevalier
(La symphonie des semelles de bois)*

87
Rictus et mise en garde

Les deux personnages qui avaient franchi le seuil de la taverne, avec des faciès ne respirant pas la joie de vivre, n'étaient autres que l'inspecteur Maingloire, flanqué d'un grand gaillard à mèche blanche. D'après la description qu'il en avait reçu, le père Brun reconnut aussitôt le sénateur Berthier. Les deux personnages aux allures sombres prirent place dans un coin de la salle, sans s'offrir la peine de saluer nos amis.

- C'est trop fort ! soupirait Amanda, devant cet assaut d'incivilité, répandu avec orgueil par son collègue.

Un méchant rictus bordait le bas du visage de Maingloire, qui faisait mine de regarder ailleurs.

- Attendez-moi un instant, fit le père Brun en se levant pour se diriger lentement vers la table des deux renfrognés.

Il se planta devant les deux contrariés, pour les saluer poliment, avant de leur indiquer la raison de son rapprochement.

- Je dois vous faire part d'une annonce. Ne me demandez pas de qui je la tiens. Mais prenez-la en considération.

Maingloire ouvrait des yeux ronds comme les sphères du système de Pythagore.

- C'est mon devoir de vous mettre en garde.

Le sénateur Berthier toisait le moine d'un air hautain, destiné à lui faire comprendre qu'il était du nombre des puissants.

- Vous aurez cinq victimes !

Le regard du vieux singe politique s'était fait incertain et farouche. Ses yeux lui mangeaient tout le visage. Ses joues se creusaient sous l'action d'une anxiété mal contenue. Deux plis sillonnaient la peau cireuse du front sous une mèche rétive à tout forme de discipline.

- Qu'est-ce que vous bonnissez ? fit soudain Maingloire, qui semblait se réveiller d'un songe, en se rappelant que c'était lui le policier.

- Je vous répète ce qu'on m'a confié.
- Et pourquoi tous ces crimes ?
- A ce stade, je n'en sais pas plus.

Le sénateur clignait des paupières. Ses yeux, bien qu'enfoncés profondément dans leurs orbites osseuses, apparaissaient plus grands et plus beaux que jamais.

- C'est l'assassin qui vous a prévenu ? siffla Maingloire, en exagérant délibérément son bouquet de consonnes fricatives alvéolaires sourdes, pour souligner l'allitération du mot *assassin*.

Le père Brun entreprit de donner une leçon à *Monsieur Deuxetdeuxfontquatre*, mais il changea d'idée. La voix du franciscain se fit plus ferme, sans toutefois dépasser la mesure des convenances.

- Je suis venu vous dire deux mots, non pas pour vous menacer, mais pour vous prévenir. Je ne connais ni l'assassin, ni son mobile.

A ce moment, le vieux politicien fit un signe pour calmer le policier. Il était vêtu d'une grande touloupe qui lui procurait l'apparence d'un ancien espion de l'*Okhrana*, la police secrète du Tsar.

- Le sénateur Berthier souhaiterait lui aussi vous dire deux mots.

C'est curieux comme l'expression *vous dire deux mots* peut varier sur l'échelle de l'agressivité, selon celui qui la profère. Tel le Charon de l'Enéide, ses yeux fixes étaient pleins de flamme.

- Ecoutez bien ce que je vais vous dire.

Sa voix trahissait une volonté de montrer au franciscain qu'il était le centre d'un certain monde auquel notre moine n'appartenait pas.

- Je n'ai pas l'habitude de laisser quiconque interférer dans mes affaires. Vous êtes ici dans mon fief. Et cette histoire ne vous regarde pas.

Le père Brun devina que ces yeux perclus de feux le détestaient. Il avait l'habitude d'entrer dans l'âme d'autrui par la pratique de la confession. Le vieux sénateur, sans le remarquer, disait tout autre chose que ce qu'il avait prévu.

- Mêlez-vous de vos affaires !

Il faisait tout son possible pour décourager le franciscain, en insistant fortement sur les dangers qu'il risquait de braver. Ses pensées, comme son regard, décrivaient le même cercle fermé, révélant les symptômes d'une triste fatigue nerveuse.

- Seul Maingloire est chargé de l'enquête !

Le père Brun jeta un regard circulaire sur les deux individus, puis il lança en pleine figure au plus vieux, à la physionomie sombre et désagréable :

- Je vous aurai prévenu !

88
Journal de Basile

Guerre et Paix *m'avait cueilli au service militaire. Après la mort de Dorothée, notre groupe s'était fissuré. Il devenait difficile de respirer les uns à côté des autres. La perspective de partir sous les drapeaux sonna comme une libération. J'étais fier de porter l'uniforme, de mettre mes pas dans ceux des* Poilus, *d'honorer la mémoire de mon grand-père, décoré à Verdun. Cependant, je restais désabusé par la trivialité brutale des sous-officiers et peut-être plus encore par la balourdise minable des officiers. Je pense que la noble élégance du* Prince Bolkonsky *ne se trouvait pas étrangère à ma dépréciation. Dans la poche de mon treillis,* Les Chimères *de Nerval ne me quittaient jamais. Je crois que j'avais rarement trituré un livre à ce point jusqu'à lui donner la forme apparente d'un objet indéterminé. Ce pauvre bouquin difforme tintait comme l'allégorie de mon propre cerveau, modelé avec cruauté par l'âpreté du destin. Je n'ai gardé aucun souvenir de cette année qui s'acheva,* nolens volens, *par la furieuse et longue lecture boulimique des* Mémoires d'Outre-tombe.

89
Journal de Basile

Le colonel avait de l'albumine
Le commandant souffrait du gros côlon
La capitaine avait bien mauvaise mine
Et le lieutenant avait des ganglions
Le juteux souffrait de coliques néphrétiques
Le sergent avait le polype atrophié
La caporal un coryza chronique
Et le deuxième classe des cors aux pieds

Et tout ça, ça fait
D'excellents Français
D'excellents soldats
Qui marchent au pas
Oubliant dans cette aventure
Qu'ils étaient douillets, fragiles et délicats

Et tous ces gaillards
Qui pour la plupart
Prenaient des cachets, des gouttes et des mixtures
Les v'là bien portants
Tout comme à vingt ans
D'où vient ce miracle-là?

Mais du pinard et du tabac!

Maurice Chevalier
(Ca fait d'excellents Français)

90
Deux nouvelles victimes

Les deux dernières victimes, chacune dans la région de Bourges, furent assassinées pendant la même semaine. Sans surprise, le mode opératoire se révéla similaire, une nouvelle fois : deux femmes au cœurs arrachés. Que comprendre de cette cruauté ? Que cachait ce besoin d'aller crevasser les poitrines pour puiser l'organe vital dans la cage thoracique ? Quel désir sordide animait ce geste d'arracher cette pompe qui propulse le sang dans tout l'organisme, siège de nos émotions, là où bat toute vie ?

- Il nous avait bien prévenu !
- Qui ça ?
- Le chanoine La Rose : « Vous aurez cinq victimes ».

Amanda et Melle Martin échangeaient peu de mots sous le regard muet du père Brun, tandis que Gargarin fixait un endroit invisible sur le sol, lorsque son visage se détendit, pour obéir à je ne sais quel grimace agitée, comme s'il avait abdiqué tout empire sur lui-même.

- Et si notre affaire n'avait rien à voir avec celle des *Disparues de la Sange* ?

Un silence étonné circulait entre nos amis.

- A quoi pensez-vous ? interrogea le moine qui n'écartait jamais une intuition, fût-elle conçue par un autre, avant de la soumettre au crible de la raison.

- Le profil des victimes. Dans les deux cas nous avons cinq femmes. Celles de notre affaire ont dépassé la cinquantaine. Si l'auteur avait voulu se calquer sur le drame de la Sange, il n'aurait pas manqué de choisir des femmes jeunes.

Amanda dévisageait notre libraire avec toute l'application du Cardinal de Richelieu, dans le triple portrait de Philippe de Champaigne, qui procure, à celui qui le regarde, la curieuse impression d'être jugé sous trois angles différents. Elle se tourna vers le franciscain :

- Qu'en pensez-vous ?

- En chinois, *píngfēng* signifie *« adorable bouclier »*.

- Qu'est-ce que vous racontez ?

- *Píngfēng* veut dire *paravent*.

- Et donc ?

- La remarque de Gargarin n'est pas dénuée de bon sens. L'auteur des crimes a peut-être utilisé l'affaire des disparues de la Sange à la manière d'un paravent.

- Mais pour cacher quoi ?

- Sans doute un terrible secret…

91
Journal de Basile

Ambroise avait disparu. La rumeur disait qu'il avait fui au bout du monde, sur les pas du Crabe-Tambour. *La nuit, je le distinguais sur une jonque, fumant en mer de Chine un calumet de bambou. La tête rasée. Avait maigri légèrement. Portait une chemise de lin blanc. Etudiait des ouvrages de philosophie médiévale. J'avais une furieuse envie de boire, de monter sur la jonque pour trinquer avec lui. Quelque chose de lumineux habitait dans son regard. Il semblait loin, hors des fêlures du temps, affranchi du joug pesant de la modernité, des compromis de notre époque. Il souriait sans bouger le coin de ses lèvres, comme éclairé par une joie intérieure. Depuis la mort d'Yvoire, nous avions peu parlé. Chacun avait gardé pour soi le souvenir de ces heures pénibles. Ambroise était-il heureux ? Je l'écoutais causer sans entendre sa voix. Augustin, Boèce, Anselme, Abélard, Albert, Bonaventure, Thomas, tous ces noms faisait farandole dans ma tête. Il martelait cette phrase piochée au hasard dans un ouvrage de métaphysique médiévale :* Dieu préfère les preux.

Son esprit embrassait les mystères de la tradition scolastique et, comme une fleur épanouie par la lumière du soleil, il ouvrait son cœur à cette folle aventure. Dieu préfère les preux. *Son rire retentit encore à mes oreilles.*

> Dans la nuit du Tombeau, Toi qui m'as consolé,
> Rends-moi le Pausilippe et la mer d'Italie,
> La fleur qui plaisait tant à mon cœur désolé,
> Et la treille où le Pampre à la Rose s'allie.

92
Un chinois de paravent

- Un terrible secret ? avait repris Amanda, mais quel genre de secret ?

- Si nous le savions, nous ne serions pas ici à nous creuser les méninges, avait souri le moine.

- Un *chinois de paravent*, murmura Gargarin dans une sorte de souffle méditatif, mélangé d'une pointe de perspicacité.

- Mais qu'est-ce que vous avez tous avec les Chinois ? jeta la jeune policière d'une façon vive et presque amusée.

- C'est une expression utilisée par Diderot pour définir un personnage ordinaire, un quidam quelconque, poursuivit Gargarin d'une voix plus forte, comme ces petits hommes laids, difformes, grotesques, peints sur les paravents chinois ; des petits hommes qu'on ne remarque plus à force de les voir.

- Un chinois de paravent pour dissimuler un terrible secret ?

L'intuition de Gargarin faisait entrevoir la possibilité d'une solution que la raison ne pouvait encore concevoir, quand subitement, fragile comme une majolique, la voix de Melle Martin fendit l'air.

- Ou pour envoyer un message ?

- Un message ? Quel message ? dodelinait le libraire, surpris par la remarque de l'organiste.

- Un message à celui qui peut comprendre les dessous de ce mode opératoire.

- Ou à celui qui connait les victimes, susurra la belle Amanda, comme éclairée de l'intérieur par la lumière d'une révélation.

Quatre paires d'yeux brillaient, comme ces soleils naissant dans des nuages de gaz, lesquels en s'effondrant sur eux-mêmes, atteignent par endroits les conditions de chaleur et de pression pour que s'amorcent les réactions de fusion nucléaire propres à la naissance des étoiles. Mais tandis qu'un tel processus s'étale sur des millions d'années, ces petits soleils oculaires s'étaient éclairés en quelques minutes, sous la fusion des intuitions et des idées, capables de conduire à la résolution de l'enquête. Ces quatre paires d'yeux se réjouissaient d'avancer sur le chemin de la conclusion, sans se douter un instant qu'elles n'allaient pas tarder à découvrir le lien mystérieux qui unissait les cinq victimes, d'une façon totalement inattendue.

93
Journal de Basile

- Yvoire était enceinte.
J'avais croisé Baptiste au détour d'une rue. Nous étions allés boire un café dans le premier bar sur notre chemin. Ni vraiment au cœur de notre bande, ni vraiment en dehors, celui-ci naviguait entre plusieurs groupes, avec l'aisance d'un abbé de cour, godaillant parmi les équipées, souple, retors, dissimulant les crocs d'un jeune loup, en quête de la meilleure sauterie, de la meilleure fête, du meilleur samedi soir. Il se tenait là, devant moi, balayant d'un regard soupçonneux les recoins les plus délétères de ma psyché déconcertée. J'avais marmonné deux ou trois mots confus.
- Tu ne le savais pas ?

Il brillait dans les yeux de Baptiste, une petite goutte de lumière qui suintait la vanité. Je l'observais se guinder sur sa chaise, se dresser du cou, se pousser du jabot, s'enfler comme dans une parade nuptiale. Son petit manège de suffisance m'avait agacé, car il affichait tous les signes du contentement de soi. Non pas que j'aimasse ma

personne, non, pas du tout, mais si bête que je me trouvais, je détestais bien davantage la lourdeur de Baptiste.
- Bien sûr que je le savais.

J'avais menti. C'était idiot, mais il baissa les yeux. Nous étions assis dans un bar anonyme, où je buvais un café amer et froid, en ruminant sans les comprendre, ses propos décousus. Agité, impatient, nerveux, comme un mauvais élève qui passe un examen dans une matière qu'il ne connaît pas. Ses yeux clignaient à chaque fin de phrase, en forme de ponctuation silencieuse. Mais déjà ma pensée avait fui au loin, là-bas, tout là-bas, dans ce royaume où personne ne pouvait me rejoindre et où je pouvais étendre mon âme légère, souple et dégagée, libre et vaporeuse, jusqu'aux dimensions de l'univers.

Tout l'après-midi, j'étais demeuré là dans ce bar sans nom, à boire des cafés sans goût, derrière ces vitres sans lumière, dont la buée me protégeait du monde extérieur, du mauvais temps, sous un nuage de fumées aigres et alourdies par les effluves de bière, d'oignons frits et de croque-monsieur grillés. Il régnait dans cet endroit un je ne sais quoi d'inquiétant, un flou brumeux qui collait bien avec mon vague à l'âme. Je restais incapable de m'arracher de cet endroit lugubre, ne désirant pas être ici, sans aucune envie d'être ailleurs. Yvoire enceinte ? Est-ce que Dorothée le savait ? Bien sûr qu'elle le savait. Et pourquoi ne m'avait-elle rien dit ? Je maudissais à la fois mon désir pour elle et l'angoisse de ne plus pouvoir la désirer. Au jeu des contraires Cupidon est roi.

La pluie redoublait, cognant la surface des vitres avec brutalité. Dehors, le monde se montrait hostile, et je restai là, sous le poids des doutes et de la mélancolie. Que faire ? Rien. Digérer. Laisser fondre. Se dissoudre. Il est des moments où la vie s'épaissit, se fige, se durcit. Veut-on se fracasser contre le rocher ? Non, rester fluide ; se montrer souple, plier sans rompre. Être le roseau de la fable. Ame vagabonde dans un corps devenu trop lourd, prisonnier des vitrages embués, je murmurais les vers sombres du Wanderer, un poème anglo-saxon du Xème siècle :

> Un héros sage doit comprendre
> A quel point sera effroyable
> L'instant où toutes les richesses de ce monde
> Se perdront
> Comme à présent en plusieurs lieux
> Sur cette terre du milieu
> Où les murs érigés
> Sont soufflés par le vent,
> Couverts de glace,
> Où les bâtisses sont balayées par les tempêtes.
> Les manoirs tombent en ruines,
> Leurs seigneurs gisent
> Privés de joie,
> L'armée entière est tombée,
> Fièrement, près du mur.

94
Une lettre

Sœur Angélique était apparue soudain dans l'encadrement de la porte, à l'entrée du petit logis prêté à nos amis. Avec son voile noir, sur sa guimpe immaculée, elle ressemblait au tableau de la Mère Angélique Arnauld. Elle était chargée, par sa mère supérieure, d'assurer tout lien entre le couvent de l'Annonciade et nos quatre amis. C'était une fille de la campagne, solide, et bien campée sur ses deux pieds. Mais elle semblait essoufflée par sa course, le visage rougi, la respiration vive.

- Le père Brun est ici ? avait-elle apostrophé Gargarin qui lui avait ouvert la porte.
- Oui, je crois qu'il est dans sa chambre.
- Ah merci ! répondit la sœur, haletante, qui, bien que soulagée par cette annonce, avait du mal à reprendre le rythme normal de sa respiration.
- Asseyez-vous, ma sœur, je vais vous le chercher.

Sœur Angélique secoua la tête de droite et de gauche pour signifier son refus. Parce qu'elle avait grandi à la campagne, elle savait bien que le vieillissement des muscles commencent depuis les pieds vers le haut. *La gloire de Dieu, c'est l'homme debout*, lui répétait son père, quand elle était enfant, sans bien savoir que c'était là une parole de Saint Irénée. Pour lutter contre la sarcopénie, avec la perte lente et progressive de masse, de force, mais aussi de fonction musculaire, après un certain âge, Sœur Angélique se tenait debout autant qu'elle le pouvait, droite sur ses deux jambes, ces colonnes supportant tout le poids du corps. Gargarin admira l'esprit de renoncement de la sœur, qu'il prit pour un désir de mortification, et s'en alla quérir le franciscain.

- Une lettre a été déposée pour vous ce matin au couvent, lui assigna la sœur, en lui tendant son enveloppe d'un geste franc. Sur la façade blanche était tracé à la main : *Pour le père Brun.*

- Merci ma sœur, répondit le prêtre avant d'ouvrir le pli. A l'intérieur, il trouva un simple carton sur lequel on avait inscrit ces quelques mots :

Rendez-vous ce soir
20 heures
Palais Corvus

95
Journal de Basile

- Une seule et même loi régit la course de l'obus et celle de la terre autour du soleil, c'est bon à savoir quand même, c'est réconfortant. Tu vois fiston, c'est pas par hasard que ça nous dégringole dessus, c'est la loi. *Tu te souviens, dis, tu te souviens du lieutenant d'artillerie ?*

Ambroise était assis en face de moi, cheveux ras. Il avait surgi à Orléans depuis quelques jours, à la surprise générale. On buvait une bière, au Capitole, *mais l'endroit ne ressemblait plus à ce qu'on avait connu. Il manquait quelque chose, une âme, une insouciance, ou peut-être le parfum de la belle Yvoire.*

- La mort c'est la victoire de la pesanteur.

J'écoutais en silence. Ambroise débitait des répliques du film Diên Biên Phu, *de Schoendoerffer. Je ne savais pas très bien pourquoi il me parlait de ce film, ni où il voulait en venir.*

- Eh fiston, on va leur appliquer la grande loi universelle ! La loi du vieil Isaac.

J'avais la scène en tête. Mentalement, je visionnais ce lieutenant d'artillerie discuter avec un de ses hommes. Il parlait de la loi de Newton sur la gravitation universelle. Il voulait dire que les obus lancés dans le ciel allaient retomber comme une pluie d'acier sur les Viets. Où était passé Ambroise pendant ces quelques mois ? Il avait un peu maigri. Ses cheveux ras lui donnaient un air grave. Sans peine, toutefois, on reconnaissait son visage poupin et les fossettes de son sourire malicieux. Il m'avait assuré de son amitié éternelle, tout en papillotant vivement des yeux, au point que ses globes oculaires livraient l'impression de vouloir s'envoler hors de leurs cavités.

- Saint Thomas d'Aquin précise qu'il existe quatre lois.

La première : c'est la loi naturelle, celle de la Création.

La deuxième, vois-tu, c'est justement la loi de la pesanteur, la loi du péché, la loi de la chute.

On a beau dire on a beau faire, le péché nous tire vers le bas, comme la loi universelle du vieil Isaac. La mort c'est la victoire de la pesanteur. *Tu comprends ?*

Non, je ne comprenais pas très bien ce qu'il voulait m'expliquer.

- Et la troisième loi ?

- La loi de Moïse, le talion, œil pour œil, la loi du rite, de la rigidité. On cesse de chuter, mais on ne peut pas encore s'élever, tu comprends ?

- Et la quatrième loi ?

- *Jésus, l'amour, l'Evangile.* Je ne suis pas venu pour abolir la loi, mais pour l'accomplir. *Fini la chute !* Aime et fais ce que voudras. *Alors, on commence à s'élever vers le ciel, mais cette fois, à la différence des obus, on échappe à la grande loi universelle, à la loi du vieil Isaac. Fini la pesanteur.* O mort, où est ta victoire ?

Il y avait en lui quelque chose de nouveau. Mais quoi ? Je ne savais pas comment l'expliquer. C'était lui, mais il était changé, comme transformé au cœur même de son être.
- Si je comprends bien, tu veux affirmer : Création. Chute. Rétablissement. Elévation.
- Tu as tout compris, me répondit Ambroise avec un sourire que je ne lui avais jamais vu. Une sorte de lumière douce avait éclairé tout son visage depuis l'intérieur de son corps.

96
Journal de Basile

Trois mois plus tard, Ambroise avait fait son entrée à La Grande Chartreuse, *au pied du Grand Som, sous un escalier de falaises, à l'écart du monde, dans l'isolement contemplatif des moines blancs, tendus vers Dieu seul. Solitaire parmi les solitaires, il s'adonnait à la prière, à la méditation, sous l'abri des massifs montagneux, honorant le blason de l'ordre, attesté dès le XIIIème siècle, par un globe surmonté d'une croix entourée de sept étoiles, symbolisant le fondateur Saint Bruno et ses six compagnons, dont l'arrivée à Grenoble fut annoncée en songe à l'évêque Saint Hugues.* Stat Crux dum volvitur orbis. *La Croix demeure tandis que le monde tourne. Je me sentais plus seul que jamais. Abandonné. Solitaire parmi les vivants. Comment survivre désormais dans un monde sans Ambroise ?*

97
Un palais gothique

Le père Brun marchait dans une vieille rue entre le palais Jacques Cœur et la cathédrale, portant ses pas devant une sorte de palais gothique. Il avisa la façade cachée derrière un mur, à l'angle duquel penchait une statue en forme de dragon. Déserte, la rue pavée augmentait l'impression étrange et floue qui émanait dans la brume du soir, à cette heure où chiens et loups se confondent, ce moment douteux qui asservit les solitudes et qu'on appelle l'heure du diable. Une curieuse lumière rouge vacillait dans ce qui ressemblait à une lanterne chinoise, suspendue à tous les vents au-dessus du portail. Il sonna. Un homme asiatique, veste blanche et pantalon noir, lui ouvrit pour le convier à pénétrer dans la cour, sans mot dire. Puis, d'un geste sans équivoque, il invita le moine à le suivre

98
Journal de Basile

*Aujourd'hui je travaille à New-York, au sud de Manhattan. Comme je l'avais promis à Maurice. Après des années heureuses à Genève. Mon bureau est perché sur l'*Upper bay. *Le monde coule à mes pieds. Sous mes yeux, la ville s'entasse. Là-bas, la grande Liberté brandit sa torche. A la fin de mes études, un peu par hasard, je suis parti travailler dans une organisation internationale à Paris. Au bout de deux ans, une place s'est libérée en Suisse. On m'a proposé un poste de juriste. J'avais besoin d'un autre air, alors j'ai foncé au bord du Léman. Malgré le temps, je n'ai pas oublié mes belles années de jeunesse à Orléans. Souvent je pense à ce que nous avons vécu là-bas. Rien ne me manque vraiment, à part le sourire d'Yvoire.*

Ambroise est le seul ami qui reste de cette période. On s'écrit plusieurs fois par an. Je sais qu'il vit dans la joie, prisonnier du Dieu-mendiant. *J'irai le visiter un jour prochain, entre les murs de sa Chartreuse, parce que je suis curieux de le voir vêtu de sa longue bure, avec sa grande barbe. C'est le plus stable de nous tous. Il est resté lié à chacun. Dans ses longs courriers, il me donne des nouvelles des uns et des autres. Je sais que Dorothée ne s'est pas mariée et qu'elle voyage en Chine ou en Inde, peu importe. Est-elle heureuse ? Je ne sais pas mais lui le souhaite. Elle fuit pour oublier Yvoire. Entre les avions et sa région. Grégoire, lui, est divorcé, toujours notaire, toujours dragueur. Il fait même de la politique, dans une mairie des alentours.*

99
Journal de Basile

Hier, sur le boulevard, je rencontre une grosse dame
Avec des grands pieds, une taille d'hippopotame
Vivement elle m'saute au cou
Me crie bonjour, mon loup
Je lui dis pardon, madame, mais qui êtes-vous ?
Elle sourit voyons, mais c'est moi, Valentine
Devant son double menton, sa triple poitrine
Je pensais, rempli d'effroi
Qu'elle a changé, ma foi
Dire qu'autrefois
Elle avait des tout petits petons, Valentine
Mais ils sont enflés à présent Valentine
Elle avait des tout petits tétons des vraies p'tites pommes
Non non, j'aime mieux parler d'autre chose voilà...

Maurice Chevalier
(Valentine)

100
Un conciliabule interne

Était-il prudent de se rendre seul au Palais Corvus ? Fallait-il prévenir Maingloire ? Mais pour lui dire quoi ? Non, le père Brun avait décidé d'aller au rendez-vous, sans en informer la police.

Le rôle de l'Âne dans *Les Animaux malades de la peste* lui plaisait fort, et il était déterminé à s'y prêter volontiers.

Que valait sa vie devant la *splendeur de la Vérité* ? Il le savait. Les ténèbres de l'erreur et du péché ne peuvent supprimer totalement en l'homme la lumière de Dieu.

Vivre selon la chair fait ressentir la loi de Dieu comme un poids (selon la loi de la pesanteur), et comme une négation, ou en tout cas, comme une restriction de sa propre liberté. Inversement, celui qui, comme le père Brun, est animé par l'amour, se laisse mener par l'Esprit et désire servir les autres au péril de sa vie.

N'ayez pas peur !

101
Journal de Basile

Pablo est de passage à New York. Il m'a proposé de boire un verre au bar du St Regis. *Je ne l'ai pas vu depuis plusieurs années. Il a mal vieilli. L'alcool et les cigarettes exotiques ont laissé des marques. Il expose à New York. Je crois qu'il est riche. Avec l'âge, il paraît plus déjanté. Je l'écoute avec plaisir. Sa visite rappelle notre si bon vieux temps. Bonne humeur, complicité. On échange en riant des souvenirs enfouis. Je n'ai jamais revu la ville de notre jeunesse, ni la silhouette massive des toits bleus, non plus les flèches de la cathédrale. Quand je pense à la douceur qui régnait dans ses rues, je ne puis effacer de ma mémoire l'empreinte de ce talisman fondateur, gravé à jamais : le visage si parfaitement dessiné d'Yvoire.*

Nous buvons une chartreuse, *et nous pensons à Ambroise. Pablo est détendu. Il me parle de ses voyages. Moi aussi, j'ai beaucoup voyagé pour mon travail, pour mon plaisir. Et pour oublier Yvoire. Malgré tout ce que j'ai vu, je n'ai jamais trouvé un endroit aussi heureux qu'Orléans. Mais que devient*

Orléans sans Yvoire de Saint-Prix ? Je ne préfère pas savoir. Et puis j'ai décidé de vivre à New-York, pendant quelques années, dans les pas de Maurice, et ceux de François-René. J'aime cette ville debout. *Sa vigueur, son agitation, son dynamisme. Tout ici respire la force vitale. Pas de place pour l'anémie. On célèbre l'effort de vivre. J'avais peur d'étouffer au milieu de ces édifices qui grattent le ciel, mais non. Le ciel est partout. Je peux même le tutoyer par les fenêtres de mon bureau. De là, je contemple tout le sud de Manhattan. Mon royaume se situe dans l'édifice le plus haut du monde. L'une des tours du* Word Trade Center, *tour de Babel moderne, dédiée aux affaires et à la puissance de l'Amérique.*

A Pablo, j'ai conté cette balade avec Ambroise, dans les rues d'Orléans, quand il m'avait parlé des Dames de France *et de la civilisation occidentale. J'avais posé mes yeux sur la manchette de journaux qui annonçait l'attentat du 23 février 1993, sans me douter que j'allais travailler un jour dans ces lieux. Il souriait. Pablo souriait toujours quand il voulait exprimer son indifférence aux hasards de la vie. Le premier attentat islamiste dans un pays occidental. Une cellule terroriste pilotée par le prêcheur de la mosquée de Brooklyn,* le cheik aveugle, *les 6 morts et 1042 blessés. Le choc de civilisations, annoncé par Camus en 1946, toutes ces questions semblaient étrangères à l'esprit de Pablo, qui continuait à vivre comme si le monde resterait toujours peuplé de vernissages, d'alcool, de cigarettes exotiques. Et les mots de Cioran venaient cogner les parois de ma mémoire, quand nous levions notre deuxième verre de* chartreuse, *pour trinquer à la mémoire du bon vieux temps :* Toute civilisation exténuée attend son barbare.

102
Journal de Basile

La Paix c'est comme une hirondelle
Qui nous revint dès le printemps,
Et l'on est si content
Qu'on ne croit pas vraiment
La vie plus belle,
C'est bien vrai cependant
En écoutant les voix puissantes
Qui montent pardessus les toits,
D'un seul coup je revois
Mon quartier d'autrefois.
Et mon cœur chante
Un air bien à moi.

Maurice Chevalier
(La chanson populaire)

103
Le palais Corvus

Il fut introduit dans une grande pièce qu'on pouvait difficilement définir. Un papier laqué d'or tapissait les murs, tandis que sur le plafond noir les moulures et les plâtres avaient été passé à la feuille d'or. Les draperies, les tentures, les lambrequins et les coussins, l'âtre et les objets usuels étaient tous de la même couleur rouge sombre. Au sol, le tapis de laine étalait son jaune terne encadré de fines lignes rouges avec, dans chaque coin, des rosettes de deuil, confectionnée par des fleurs noires dans un carré d'ambre. Les meubles avaient été recouverts d'or et tendus de damas aux rayures noires et or. Les décorations du manteau de la cheminée étaient en or, et les tableaux aux murs, montés dans des cadres à dorures ornementés. Des copies de Boucher, de Fragonard, de Watteau, dans la plus grande tradition libertine du XVIIIème siècle français.

La cheminée était ancienne, probablement construite par un marchand flamand. Son entourage était carrelé de curieuses faïences hollandaises qui représentaient des scènes bibliques. On y voyait des

Caïn et des Abel, des filles de Pharaon, des Reines de Saba, des anges porteurs de messages divins qui descendaient du ciel sur des nuages semblables à des lits de plume, des Abraham, des Balthazar, des Apôtres qui partaient s'embarquer sur des bateaux en forme de saucière, des centaines de personnages aptes à distraire la pensée du père Brun, parce qu'il se demandait bien comment ces glorieux fragments d'Histoire sainte pouvaient continuer d'exister dans un tel pandémonium.

En enfilade, un long cabinet de curiosités à la peinture noire et dorée renfermait des livres dont les reliures en cuir étaient frappées d'or, tandis que, dans le reste de la pièce, était exhibée une collection hétéroclite de vaisselle en or, de bijoux précieux et autres bibelots : des grands narguilés en or incrusté d'acajou, avec des rubis étincelants, couleur sang de pigeon, quantité d'émeraudes vert lézard, des objets décorés de saphirs et de topazes, des accessoires de jade et d'ivoire, des tentures de soie aux broderies représentant des fleurs de pavot et de lotus, et aussi des statues d'idoles asiatiques, avec des carapaçons d'éléphant. *Le trésor de Jacques Cœur*, murmura le père Brun. Le miroir entre les deux fenêtres et celui au-dessus de l'âtre, où trônait la statuette d'un veau d'or, avaient été pulvérisé d'une fine couche d'or, tant et si bien que les rares objets qui n'avaient pas été dorés se trouvaient reflétés par le filtre de cette couleur envahissante. Le moine franciscain respirait difficilement. L'ameublement oppressant de cette pièce foisonnée d'or partageait non seulement la même teinte mais aussi une origine commune : tout ici suintait la luxure. Soudain, une porte grinça. C'est alors qu'apparut une dame en noir.

La dame en noir.

Celle du Palais de Justice. La dame en noir qui portait chignon de gitane et lançait des regards mauves en direction du franciscain.

104
Journal de Basile

- Grégoire sera bientôt sénateur.
- Qui l'aurait cru ?
- Surtout après la mort d'Yvoire.
- Que veux-tu dire ?
Pablo me considérait d'un œil désenchanté, mi-amusé, mi-blasé. Il exhala une haleine poivrée, balancée entre l'ennui et le scepticisme.
- Tu ne sais pas qu'Yvoire était enceinte ?
- Si…
Une étrange torpeur s'abattit sur mes tempes. Dans l'air pourpre du bar, s'illumina mon esprit, soleil alangui sur un horizon muet, où les oiseaux se taisent, parmi les saules, au bord des étangs.
- Enceinte de Grégoire ?
- Oui, elle est morte en couches.

Sans soupir, sans inspiration, sans mouvement. Son regard s'intensifia. Dans le silence pénétrant de ses prunelles, je voyais s'ouvrir un abime. Et la même inquiétude vaporisait dans ma poitrine, lestée d'un poids nouveau, le sang rythmé de mes pensées.
- Mais pourquoi s'est-elle cachée ?

- Parce qu'elle n'a pas supporté ce qu'il lui avait fait !

- Supporté quoi ?

Mon esprit s'égarait. Les yeux perdus dans cette nuit d'argent, je ne voulais plus savoir. Je regrettais la pluie dorée de midi. J'avais peur de comprendre.

Ce ne fut plus qu'un long frissonnement.

- Un soir qu'ils avaient bu tous deux quelques verres de trop.

Un éclair d'ironie déforma le visage de Pablo.

J'avais enfin compris.

Violée.

Grégoire l'avait violée.

Après un long silence, j'avais demandé :

- Et elle s'est enfuie ?

- Personne ne voulait du gamin. Les parents de Grégoire, les parents d'Yvoire… Personne ! Tout ce petit monde détestait les scandales.

- C'est affreux !

Pablo attrapa son verre pour le descendre d'une seule rasade, avec sa vulgarité coutumière.

Abasourdi.

Sans mot.

Les paroles d'Ambroise cognaient, ainsi que le bourdon d'un glas, les parois de mon cerveau :

- Il faudra bien que quelqu'un expie.

Ainsi Ambroise avait choisi d'expier à la Grande Chartreuse pour le péché de Grégoire.

- Et Yvoire n'a pas voulu avorter ?
- Non, elle disait que l'enfant n'avait pas à payer pour les fautes de ses parents. Et qu'il avait le droit de vivre.
- Et c'est elle qui est morte...
- Mais l'enfant a vécu.

105
Journal de Basile

La demoiselle était sage
Sur l'herbe elle refusa de s'asseoir
Mais son cœur battait très fort sous son corsage
Elle lui jura de le revoir
Ils se revirent toute la belle saison
Un merle m'a conté
Qu'on n'voyait qu'eux sous les frondaisons
Et même qu'elle a fauté.

Ça s'est passé un dimanche
Un dimanche au bord de l'eau
Elle avait sa robe blanche
Lui, son knickerbocker à carreaux

Maurice Chevalier
(Ca s'est passé un dimanche)

106
La dame en noir

La dame en noir s'était approchée avec la démarche souple et sulfureuse d'une gardienne des Ténèbres. Quelque chose en elle émanait du monde souterrain des enfers comme une fumée d'étincelles et de souffre. Ses yeux, surtout, dardaient des feux invisibles, plus ardents que les brandons assertifs d'un brasero. Quiconque aurait vu apparaître cette silhouette, drapée de sa robe noire comme l'encre, telle la livrée d'un deuil d'apparat, poussée par le souffle orageux d'une respiration durement pénible, une source de feu sombre ruisselant dans ses yeux, derrière l'apparence diablement spectrale du visage, quiconque ayant subi cette apparition démoniaque aurait trembler. Sauf le père Brun. Car il n'était pas de nature à se dérober face au danger. Encore moins à trembler devant les manifestations du mal ; son âme harnachée par une armure spirituelle, son cœur trempé par les armes de la Foi et de la prière.

- Merci d'être venu.

La dame en noir parlait d'une voix sèche et autoritaire.

- Asseyez-vous ! lança-t-elle sur le ton d'une femme qui a l'habitude de se faire obéir.

Le moine s'était posé sur un fauteuil tapissé de soie noire, les bois encrassés de dorures.

Le père Brun attendait la confidence. Il avait appris, pendant ses longues années de confession, qu'il ne fallait jamais brusquer un coeur sur le point de s'épancher.

- Je suppose que vous avez deviné qui je suis ? Ou du moins ce que j'étais ?

Le franciscain promena un regard terne sur le décor de la pièce.

- Je dois ma fortune à Marthe Richard, la *Veuve qui clôt*. Elle a fermé les maisons de tolérance après la guerre. Mais certains clients, des notables, se sont organisés pour que ça dure comme avant. Et on a vu fleurir des *clandés*.

Le moine ruminant ses classiques, depuis les saillies du *Satyricon* de Pétrone, jusqu'aux tirades de Bernard Blier dans *Le Cave se rebiffe*, avait bien compris que le *clandé* en question n'évoquait rien d'autre qu'un lupanar clandestin.

- J'ai pris la succession de la mère Sidoine. Une bonne petite maison tranquille. Mais je voyais les choses en grand. Aidé par un homme politique, j'ai acheté cet hôtel médiéval pour le transformer en palais de luxure.

Habitué à vider les égouts du cœur humain, le père Brun ne broncha pas devant l'étalage de ces confidences obscènes.

- Si je vous ai fait venir ici, c'est pour vous parler de cet homme politique, poursuivit-elle avec un petit air pincé, avant de jeter, sur un ton plus sec, brimballé entre ironie et mépris : notre protecteur !

De marbre, le père Brun se caressait la barbe avec ce geste si particulier qui voulait dire qu'une idée germait dans le fond de son cerveau.

- Un homme détestable, qui se comportait mal avec les filles. Longtemps, je me suis interposé pour protéger mes pensionnaires. Trop longtemps. Jusqu'au jour où…
- Jusqu'au jour où ? fit écho le franciscain qui savait que le fruit était mûr.
- Une de mes filles a disparu.
- Vous êtes sûr que c'est lui ?
- Oui, son chauffeur me l'a dit.
- Et pourquoi ?
- Oh, une simple histoire de jalousie. Une peccadille. Mais ce type est un démon.
- Et pourquoi me dire ça aujourd'hui ?
- J'ai toujours juré de venger la mort de cette pauvre fille. Et je crois que le temps est venu.
- Un lien avec les crimes récents ? Avec les victimes au cœur arraché ?

- Je vous en ai dit suffisamment. Suivez la piste de ce monstre, croyez-moi, et vous arriverez à l'assassin.

- Vous parlez du Sénateur Berthier ?

La dame en noir se redressa. Elle était sur le point d'ouvrir la bouche quand, soudainement, un grand oiseau noir, sorti de nulle part, traversa la pièce en quelques battements d'aile, pour venir se poser sur son épaule. C'était le corbeau, le même corbeau que le père Brun avait vu sur l'épaule du vieux chanoine, là-haut, dans la Tour de Beurre.

- Je crois qu'il est temps de nous quitter, jeta la femme en noir, avant de se lever.

- Et comment faire pour remonter le fil du crime jusqu'à l'assassin ?

- Demandez à votre Dieu de faire un miracle, lui répondit sèchement la dame en noir, avant de tourner les talons.

C'était sur ce mot improbable que le moine avait quitté son hôtesse, avant de s'engouffrer dans les rues sombres et brumeuses, laissant derrière lui l'atmosphère empesée de ce palais gothique, sans se douter un instant que la Providence, qui aime tant nous jouer des tours, allait accéder à la demande de la dame en noir, en provoquant un miracle ; lequel apparaitrait le lendemain, sous la forme d'une lettre et d'un colis, dépêchés au couvent des Annonciades à l'attention du père Brun.

107
Courrier du frère Ambroise

Frère Ambroise de la Sainte Croix
Monastère de la Grande Chartreuse
Saint Pierre de Chartreuse
Isère

> *Au Père Brun*
> *Monastère des Annonciades*
> *Saint Doulchard*
> *Cher*

Mon père,

Depuis des semaines je rumine une question dans le silence de ma cellule. Dois-je vous écrire pour vous communiquer des éléments de la plus haute importance ?

J'ai appris les problèmes que vous affrontez dans une enquête entre Sologne et Berry. Après des nuits de prières, j'ai compris que mon devoir était de vous envoyer le journal de mon ami Basile. Je vous adresse aujourd'hui une copie de ce journal et d'une lettre du FBI, qui vous expliquera comment je suis entré en sa possession.

Bien entendu, je tiens à disposition de la police les originaux. Faites le meilleur usage, cher père Brun, de ces documents. Je sais combien la Vérité vous est chère. Et c'est au nom de la Vérité que je vous les envoie.

En union de prière,
Frère Ambroise de la Sainte Croix

108
Les fleurs squelettes

Il sut que c'était elle. Immédiatement. Dès qu'elle sortit du restaurant. Elle ressemblait tant à sa sœur. La même allure. Quelque chose dans les traits qui dénonçaient la signature du père commun. Aucun doute possible. C'était bien elle. Après les recherches de Gargarin, ils avaient déniché trois suspects. Le libraire s'était chargé du Japonais. Et Amanda surveillait le commis parisien. Mais dans l'esprit du père Brun, tout vint s'éclaircir en la voyant. Leurs efforts conjugués avaient payé. Notre moine avait eu cette idée d'orienter les recherches dans une direction précise. Gargarin s'était proposé pour diligenter les prospections, en toute discrétion, et Amanda avait proposé ces trois filatures.

Il existe au Japon, dans les régions boisées, froides et humides, sur les flancs des montagnes, des petites fleurs blanches, nommées *Dyphylleia.* Dans la conscience populaire, on les baptise : *Fleur squelettes,* car elles possèdent une caractéristique unique au monde. La Nature recèle des mystères que notre cœur ignore. Dès qu'elles sont en contact avec l'eau, notamment sous la pluie, ces étonnantes merveilles se transforment aussitôt : leurs pétales deviennent transparents comme du verre. C'était le même processus qui animait l'esprit du père Brun. Dès qu'il était en contact avec la Vérité, ses idées devenaient pures comme du cristal. Alors, il voyait le *glaz*, cette couleur unique en Bretagne, entre le gris, le bleu, le vert, qui annonçait la cristallisation de son esprit.

Le franciscain était assis depuis un moment dans le bar qui faisait face au restaurant. Ainsi, elle travaillait là. Il ne conjecturait plus à ce moment que cette jeune femme, quittant le service de sa cuisine, était l'auteur des cinq crimes affreux qui avaient secoué la région. Restait maintenant à connaître le mobile précis. Le moine se faisait bien une idée de la raison qui avait fait basculer cette jeune femme dans l'horreur. Mais il manquait la confirmation de sa propre bouche. Elle n'avait pas pu le voir, caché derrière la vitrine du bar d'en face. D'ailleurs à aucun moment, elle n'avait tourné la tête dans sa direction. Il termina de boire son café, se leva pour payer, avant de sortir dans la rue. Il pleuvait. Le soir était bas et lourd.

Là-haut, un grand oiseau noir tournoyait en coassant. Un grand oiseau noir au regard sombre et luisant, qui dessinait des pirouettes en criant. Un grand oiseau noir qui tournait en cadence, au-dessus des toits, battant le rythme de ses ailes ténébreuses.

Un grand oiseau noir, qui dansait dans le ciel en souriant.

Il avança sans se presser sur le chemin du commissariat, son visage mélancolique, empreint de tristesse et de réflexion. Puis, il balbutia ces quelques mots, comme s'il cherchait à se donner du courage :

- Et maintenant, allons prévenir Maingloire !

109
Courrier du FBI

FBI Headquarters
935 Pennyslvania Avenue, NW
Washington, D.C. 2053-0001
(202) 324-3000

> *Au Frère Ambroise*
> *de la Sainte-Croix*
> *Grande Chartreuse*
> *Isère / France*

Frère

Nous avons été saisi par le Programme de santé du World Trade Center, Institut national de la sécurité et de la santé au travail, 395, E St, S.W., bureau 9200 Washington, D.C. 20201 *d'un cas très particulier.*

Parmi les nombreux décombres de Ground Zero, *les opérateurs du tri avaient découvert un livret, assez bien conservé, malgré la violence des effondrements. Compte tenu de l'état miraculeux de l'objet, nous avons soumis ce livret à une longue série de tests, pour connaître sa provenance. Nous voulions vérifier qu'il n'avait pas été placé dans les décombres après les attentats.*

Nos services ont enquêté pendant plusieurs années sans pouvoir conclure à la malveillance de ce livret, ni à son lien possible avec les terroristes. C'est pourquoi, la Commission chargé du sort des effets personnels a décidé de le rendre aux proches de son propriétaire, clairement identifié, dont vous trouverez la fiche en annexe.

Sur la première page du livret, il était écrit Journal de Basile, *suivi d'une mention rédigée en lettres rouges :* si je viens à décéder, merci de faire suivre ce cahier à mon ami Ambroise (devenu Frère Ambroise à la Grande Chartreuse).

C'est pourquoi, Frère, nous vous expédions ce jour le livret de votre ami Ambroise, après toutes ces années.

Bien à vous,

                Pour le FBI
                Colonel Cooper

110
Le tri des décombres

Plus de dix années après les attentats du 11 septembre, deux millions et demi de documents consultés, mille deux cents personnes interrogées, dont les présidents Bush et Clinton, le rapport de la Commission américaine raconte la chronologie des événements de cette terrible journée. Il étudie aussi les mouvements intégristes islamistes, présente les biographies des terroristes et analyse leurs sources de financement ainsi que leurs méthodes de combat. Mais il souligne aussi la vulnérabilité des services de renseignements américains. Ce rapport terrifiant se lit comme un roman d'espionnage. Aujourd'hui, ce document fait figure d'ouvrage historique.

Les opérations de tri des décombres furent terminées en juillet 2002. Au total, ce sont plus de 1 800 000 tonnes de gravats qui ont été fouillées, parmi lesquels furent retrouvés 4 257 fragments humains, s'ajoutant à ceux immédiatement saisis sur le site de *Ground Zero* (et grâce auxquels 300 nouvelles victimes furent identifiées). Par malheur, la plupart des fragments étaient si petits qu'ils ne furent repérés que pendant la seconde vague de tri, au printemps 2002. Les 22 000 restes humains trouvés sur le site depuis les attaques ont déjà tous été testés. Mais un gros millier se refuse encore à parler, plus de vingt ans après. A ce jour, 1649 sur les 2753 personnes mortes à New-York ce jour-là ont été formellement identifiées, mais 1 104 restent encore disparues. Le laboratoire reste bredouille plusieurs années sans pouvoir ajouter de nom à la liste.

C'était le cas de Basile, dont aucun morceau ne fut retrouvé. Rien. Même pas un petit bout d'os, ni de cheveu. *Souviens-toi que tu es poussière et que tu retourneras à la poussière.* Sans doute ses restes ont-ils été enfouis à *Fresh Kills*, avec les gravats de deux Boeing 767, de 50 000 ordinateurs, de 300 serveurs informatiques, de milliers de détecteurs de fumée radioactifs, des kilomètres de câbles, 20 000 tonnes d'acier et 1 million de tonnes de béton. Mais aussi une sous-station électrique avec 493 tonnes d'huiles contaminées aux PCB, ensevelie sous le plus grand parc de New-York : de la verdure à perte de vue, de splendides étendues d'eau, bordées de roseaux, des oiseaux qui viennent y barboter pour nicher, des sentiers de promenade en communion avec la Nature, tout pour en faire un lieu récréatif et de détente. De Basile, il ne restait rien que ce livret, son *Journal*, découvert de façon miraculeuse parmi les millions de décombres.

111
Journal de Basile

Hier, j'ai reçu un mot d'Ambroise.
Il m'écrit peu.
Mais ne m'oublie jamais.
Sa plume est pure.
Son verbe est fort.
Son âme est belle.
Voici sa lettre :

Frère bien-aimé,
Au milieu des ténèbres, pendant le grand office nocturne, j'ai pensé à toi. C'était après le retour en cellule, pendant le moment des Laudes de la Vierge Marie.
J'ai compris que je devais prier pour toi. Alors j'ai prié. Et ces paroles du starets Zosime, me sont venues en mémoire. C'est toi qui me les avais apprises en lisant les Frères Karamazov, *cher ami. T'en souviens-il ?*

« Me voici au terme de mon existence, je le sais et je sens tous les jours ma vie terrestre se rattacher à la vie éternelle, incontinue, mais toute proche et dont le pressentiment fait vibrer mon âme d'enthousiasme, illumine ma pensée, attendrit mon cœur ».

« La croix demeure tandis que le monde tourne ». *C'est la devise des Chartreux. Séparés de tous, nous sommes unis à tous car c'est au nom de tous que nous nous tenons en présence du Dieu-Mendiant. Un chartreux, avait certifié Mercier dans son* Tableau de Paris, *s'il avait du génie, pourrait reculer les bornes de l'esprit humain.*

Mais voilà, frère bien-aimé, tu le sais, de génie je n'ai point. Je n'ai que l'amour. Longtemps, tu m'avais questionné sur la Légende du Grand Inquisiteur, *cette fable qui surgit dans* Les Frères Karamazov, *comme la détonation d'un duel dans un beau ciel bleu d'hiver. Cette fois, pas besoin de Barabbas. Le Sauveur est encore condamné à mort. Son retour est malvenu. Einstein a prophétisé :* « Le problème de l'heure n'est pas celui de l'énergie atomique, mais celui du cœur humain ».

A une sainte âme qui lui avait demandé : « Pourquoi venez-vous ainsi sur la terre chercher l'amour ? Vous avez dans le ciel vos anges et vos saints qui vous aiment d'un amour sans ombre, tandis qu'ici-bas, toutes nos justices ont des taches à vos yeux », *Jésus avait répondu :* « Je viens sur la terre chercher l'amour, *mendier l'amour,* parce que j'ai soif d'amour libre ». *Cœur Sacré de Jésus, j'ai confiance en Vous.*

Stat Crux dum volvitur orbis
Ton frère bien aimé, dans le cœur de Jésus
Frère Ambroise de la Sainte Croix

112
Journal de Basile

Cœur Sacré de Jésus, j'ai confiance en vous.
Quelle phrase !
Et si c'était vrai ?
Si le Cœur de Jésus était un océan d'amour ? Expier devient alors un acte d'amour. Le meurtre de Mégara. Le père de Maurice. La mort d'Yvoire.
Aimer.
Tout aimer ou tout plaindre, *disait Victor Hugo.*
Ambroise, lui, a choisi.
Il a fait le choix de tout aimer pour offrir sa vie au Dieu-mendiant.

Cœur Sacré de Jésus j'ai confiance en vous.
Demain, c'est décidé, je m'embarque pour un lieu sacré, un lieu que je veux voir depuis les jours heureux de mon enfance, un lieu unique.
Je brûle de m'envoler. J'entends encore la voix d'Ambroise dans l'écho de mes oreilles.
Ce lieu béni, c'est Jérusalem !
La voix d'Ambroise ! Je l'entends jusqu'ici, au sein d'une tour suspendue dans le ciel de New-York.

Il fait beau, le ciel est dégagé. On peut apercevoir des avions. J'en vois un là-bas tout au loin. Demain, je serai moi aussi dans le ciel. Sur le chemin de la Terre Sainte. Je me fais une telle joie de ce voyage !

Cœur Sacré de Jésus j'ai confiance en vous.
Nazareth. Je vous salue Marie. La douceur de l'ange chez Fra Angelico. La Judée. Vous êtes bénie entre toutes les femmes. Bethléem. Gloire à Dieu au plus haut des cieux. Les marches du Temple de Jérusalem. Tu peux laisser ton serviteur aller en paix, car mes yeux ont vu ton Salut. Et les docteurs de la Loi. Pourquoi me cherchiez-vous ? Et là-bas cet avion qui survole New-York ? Je n'ai jamais vu un avion aussi près de nos tours. C'est aujourd'hui une date singulière. Le triste anniversaire de la mort d'Yvoire. Je n'oublie jamais le 11 septembre.

Cœur Sacré de Jésus j'ai confiance en vous.
Le Jourdain. Le baptême. Cana. Les Noces. Véronèse. Les Béatitudes. La transfiguration. La Cène. Gethsémani. Père, si tu le peux, éloigne de moi cette coupe. Le Christ roux de Gauguin au Jardin des Oliviers sur fond bleu. La flagellation. Je suis innocent du sang de cet homme. La couronne d'épines. Honneur à toi, roi des Juifs. Et ils le giflaient. Le chemin de croix dans la vieille ville. Pleurez sur vous et sur vos enfants. La mort sur la croix. Tout est achevé. L'oratorio de Haydn. Les Sept dernières paroles du Christ en croix. Je veux fouler tous ces lieux. Les humer, les toucher, les

entendre. De ce tout, je veux m'imprégner, de la moindre poussière, de la petite goutte d'eau, de la parcelle d'air. Toutes ces années depuis la mort d'Yvoire ! Pourquoi cet avion, là-bas dans le ciel de New-York ? Comme c'est étrange ! On dirait qu'il s'approche.

Cœur Sacré de Jésus j'ai confiance en Vous.
Le Saint Sépulcre. Pourquoi chercher parmi les morts celui qui est vivant ? Béthanie. Je suis avec vous jusqu'à la fin des temps. Le Cénacle. Des langues de feu leur apparurent. Et ils furent tous remplis du Saint-Esprit.

Cœur Sacré de Jésus j'ai confiance en Vous.
Pas de doute, cet avion vient sur nous. Est-ce qu'il va dévier sa course au dernier moment ? Mais pourquoi fonce-t-il droit sur notre tour ? C'est insensé ! Non, c'est impossible, il va changer sa route. Il ne peut pas foncer sur nous. J'ai promis à Ambroise de faire le voyage pour lui. Et sans prévoir ce qui peut m'attendre, je pars là-bas le cœur léger.
Demain, je m'embarque pour Jérusalem.
Mon Dieu, cet avion !...

113
Estelle

Maingloire avait écouté le moine sans broncher. Encore une fois, la curiosité l'avait emporté sur la colère. Oui, les explications du franciscain, claires et simples, se tenaient. Il offraient de nombreuses réponses aux questions que se posait la police. Non, jamais, cette idée d'enquêter sur les professionnels de cuisine n'avait effleuré l'esprit des enquêteurs. Cette perspective évidente de cibler les spécialistes du couteau japonais était si naturelle que Maingloire s'en voulait de l'avoir ignorée. Pourquoi *Monsieur Deuxetdeuxfontquatre* n'y avait-il pas pensé ? Et voici que Gargarin, qui connaissait bien le milieu de la restauration, avait fait merveille, en s'appuyant sur un pari fécond : combien y avait-il de maîtres en découpe de viande, au couteau japonais, dans une ville de la taille de Bourges ? A priori, la liste serait bien restreinte. Après de brèves recherches (dans le minuscule univers de la restauration, tout le monde se connaît en province) avaient émergé les trois suspects. D'emblée, le père Brun avait choisi de surveiller cette jeune femme. C'était plus cohérent avec l'idée qu'il se faisait du drame. Que seraient venus faire un Japonais ou un commis parisien dans le nœud gordien de cette tragédie provinciale ?

Maingloire avait promptement donné des ordres pour arrêter la jeune femme. Après quelques heures de garde à vue, elle avait livré des aveux complets. L'intuition du franciscain s'était montrée juste. Elle s'appelait Estelle. Drôle de nom pour un assassin, avait jaspiné Gargarin. Assez grande, plutôt jolie, des cheveux entre le blond et le châtain. Ses yeux ! Mon Dieu, ces yeux ! avait pensé Maingloire. Les yeux de son père, dont elle voulut se venger en tuant les femmes qui l'avaient aimé. Toutes les femmes ? Peut-être pas, suggéra Melle Martin, soulignant par là même l'urgence de mettre un terme à cette folle cavale meurtrière. Mais pourquoi se venger de son père ? interrogeait Amanda, sous le regard triste et flottant du père Brun.

114
A notre vieil ami

On retrouva le sénateur Berthier, au petit matin, dans son bureau, une balle au milieu du cerveau. Il s'était donné la mort avec un fusil de chasse. Quand il apprit l'arrestation de sa fille, le vieux politicien avait compris que l'heure de sa chute avait sonné. Le scandale allait briser son fauteuil. Il régnait en maître absolu, depuis des années, sur le petit monde de la politique locale. Mais le vent venait de tourner. Il ne pourrait plus inverser le sens des choses.

On s'arrangea pour taire l'arrestation d'Estelle jusqu'aux obsèques. Tout le monde se réunit autour du cercueil, en présence de l'évêque, sous les voûtes séculaires de la cathédrale Saint Etienne. Le vieux singe politique eut droit à ses funérailles officielles, avec éloges funèbres et discours interminables. Au cimetière, une gerbe fut déposé par Pablo, un artiste international d'art contemporain. Sur le ruban bleu, blanc, rouge, on pouvait lire ces quelques mots :
A Grégoire Berthier, notre vieil ami.

115
L'humilité de Dieu

A la lecture du *Journal de Basile*, le père Brun avait compris plusieurs choses. Tout d'abord, que les cinq crimes étaient le fruit de vieilles rancœurs locales. Ensuite, que l'affaire des *Disparues de la Sange* avait peut-être servi de paravent, pour cacher les véritables intentions de la jeune criminelle. Et, qu'en outre, les liens qui unissaient les acteurs de ce drame se révélaient bien plus ténus que supposés, tel un drap de percale, dont les fils tellement serrés produisent un entrelacement capable de résister aux outrages du temps.

- Si je n'étais pas venue pour les obsèques de ma tante Dorothée, nous n'aurions jamais été mêlés à cette affaire, déclara la belle Amanda, un sourire à la pointe de ses lèvres maussades.

Le père Brun la contempla un instant, le regard brumeux, en pensant que, même sans venir, la jeune femme se trouvait au cœur de cet imbroglio.
Il murmura la prière de Saint François :
Frères, regardez l'humilité de Dieu
Et épanchez vos cœur devant lui.

Pouvait-il lui dire qu'elle était la sœur d'Estelle ?

Pouvait-il lui avouer qu'Yvoire, sa mère, avait vécu le même drame que la dame en noire, la mère d'Estelle ?

- Et comment avez-vous deviné qu'Estelle était la fille du sénateur ?

Le père Brun se gratta le menton sous la barbe. C'était un geste qui le démangeait souvent quand une idée commençait à poindre. Mais cette fois, il semblait contrarié.

- Lorsque j'ai rencontré la dame en noir, je n'ai pu m'empêcher de supposer qu'elle faisait le choix de dénoncer le sénateur pour protéger quelqu'un d'autre.

Pouvait-il faire état du *Journal de Basile* devant Amanda, sans lui révéler le terrible secret qui la concernait ?

- Soyez plus précis ! réclamait la jeune policière.
- Sa façon de parler, son insistance, et la torsion qui défigurait son visage m'ont fait deviner qu'elle mentait. En fait, elle voulait protéger sa fille.
- Mais il y a autre chose ?

Le père Brun ne pouvait pas regarder Amanda dans les yeux.

- J'ai appris, par un moyen que je ne peux point révéler, combien la jeunesse du sénateur Berthier fut tumultueuse. Il avait déjà renoncé à reconnaitre un enfant, qu'il avait eu avec une autre jeune femme qui s'appelait Yvoire.
- Yvoire ? Quel joli prénom !

Pouvait-il lui dire la Vérité ? Lui annoncer que le sénateur Grégoire Berthier était son véritable père ? Qu'Yvoire de Saint-Prix était sa mère ? Et qu'elle était née chez sa tante Dorothée, l'amie d'Yvoire ? Et que la criminelle Estelle était sa demi-sœur ?

Non, il avait juré de garder pour lui ce terrible secret, comme une lourde pierre au fond de son cœur. Il attendait la question fatidique.

- Et l'enfant d'Yvoire ? C'était un garçon ? Une fille ?
- Une fille.
- Et qu'est-elle devenue ?

Le père Brun plongea dans les yeux d'Amanda, un regard de feu :

- Je crois que cette fille est heureuse de vivre.

Puis il leva des yeux adoucis vers le firmament. Là-haut, un grand oiseau noir tournoyait dans le ciel de Bourges, autour de la Tour de Beurre, tout au sommet de la cathédrale Saint Etienne. C'était un grand oiseau noir au regard sombre et luisant, qui dessinait des pirouettes en criant. C'était un grand oiseau noir dont les ailes sifflaient, comme si on déchirait des étoffes de soie. C'était un grand oiseau noir qui tournait en cadence, au-dessus des toits, battant le rythme de ses ailes ténébreuses.

C'était un grand oiseau noir, qui dansait dans le ciel en souriant.

Du même auteur :

Les Enquêtes du père Brun

Une enquête du père Brun

Le Fantôme de Combourg

Sang pour sang

Les Clés du Vatican

Les Disparues de la Sange

Sur le Toit du monde (A paraître)

Le Trésor de Charette (A paraître)

Sur internet : lesenquetesduperebrun.com

Instagram : @lesenquetesduperebrun

Facebook : Les enquêtes du père Brun